AF452591

DÉPIT AMOVREVX

comedie,

REPRESENTEE SVR LE

Theatre du Palais Royal.

DE I. B. P. MOLIERE.

A PARIS,

Chez CLAVDE BARBIN, au Palais, fur le
Degré deuant la Sainte Chapelle, au Signe
de la Croix.

M. DC. LXIII.
AVEC PRIVILEGE DV ROY.

I.   8

DEPIT

AMOVREVX.

COMEDIE.

ACTE PREMIER.

SCENE PREMIERE.

Eraſte, Gros-René.

ERASTE.

VEVX tu que ie te die? vne atteinte ſecrette
Ne laiſſe point mon ame en vne bonne aſſiette :
Ouy, quoy qu'à mon amour tu puiſſes repartir,
Il craint d'eſtre la dupe, à ne te point mentir :
Qu'en faueur d'vn riual ta foy ne ſe corrompe,
Ou du moins, qu'auec moy, toy meſme on ne te trompe.

GROS-RENÉ.

Pour moy, me ſoupçonner de quelque mauuais tour,
Ie diray, n'en déplaiſe à monſieur vôtre amour,
Que c'eſt iniuſtement bleſſer ma prud'hommie

Et fe connoiftre mal en phifionomie.
Les gens de mon minois ne font point accufez
D'eftre, graces à Dieu, ny fourbes ny rufez :
Cet honneur qu'on nous fait ie ne le démens gueres,
Et fuis homme fort rond, de toutes les manieres.
Pour que l'on me trompaft, cela fe pourroit bien ;
Le doute eft mieux fondé ; pourtant ie n'en croy rien.
Ie ne voy point encore, ou ie fuis vne befte,
Surquoy vous auez pû prendre martel en tefte.
Lucile, à mon auis, vous montre affez d'amour ;
Elle vous voit, vous parle, à toute heure du iour,
Et Valere apres tout qui caufe vôtre crainte
Semble n'eftre à prefent fouffert que par contrainte.

ERASTE.

Souuent d'vn faux efpoir vn amant eft nourry ;
Le mieux reçeu toujours n'eft pas le plus chery ;
Et tout ce que d'ardeur font paroiftre les femmes
Parfois n'eft qu'vn beau voile à couurir d'autres flames.
Valere enfin, pour eftre vn amant rebuté,
Montre depuis vn temps trop de tranquilité ;
Et ce qu'à ces faueurs, dont tu crois l'apparence,
Il tefmoigne de ioye ou bien d'indifference
M'empoifonne à tous coups leurs plus charmans appas,
Me donne ce chagrin que tu ne comprens pas ;
Tient mon bon-heur en doute, & me rend difficile
Vne entiere croyance aux propos de Lucile.
Ie voudrois, pour trouuer vn tel deftin plus doux,
Y voir entrer vn peu de fon tranfport ialoux,
Et fur fes déplaifirs & fon impatience
Mon ame prendroit lors vne pleine affurance.
Toy mefme, penfe tu, qu'on puiffe, comme il fait,
Voir cherir vn riual d'vn efprit fatisfait ?

Et, si tu n'en crois rien, dy moy, ie t'en coniure,
Si i'ay lieu de réuer dessus cette auanture.

GROS—RENÉ.

Peut-estre que son cœur a changé de desirs
Connoissant qu'il poussoit d'inutiles soupirs.

ERASTE.

Lors que par les rebuts vne ame est detachée,
Elle veut fuir l'obiet dont elle fut touchée,
Et ne rompt point sa chaisne auec si peu d'éclat,
Qu'elle puisse rester en vn paisible état :
De ce qu'on a chery la fatale presence
Ne nous laisse iamais dedans l'indifference;
Et, si de cette veuë on n'acroist son dedain,
Nòtre amour est bien pres de nous rentrer au sein.
Enfin, croy moy, si bien qu'on éteigne vne flame,
Vn peu de ialousie occupe encore vne ame,
Et l'on ne sçauroit voir, sans en estre piqué,
Posseder par vn autre vn cœur qu'on a manqué.

GROS—RENÉ.

Pour moy, ie ne sçay point tant de philosophie;
Ce que voyent mes yeux, franchement ie m'y fie;
Et ne suis point de moy si mortel ennemy,
Que ie m'aille affliger sans suiet ny demy.
Pourquoy subtiliser, & faire le capable
A chercher des raisons pour estre miserable?
Sur des soupçons en l'air ie m'irois allarmer?
Laissons venir la feste auant que la chomer.
Le chagrin me paroist vne incommode chose;
Ie n'en prens point pour moy, sans bonne & iuste cause :
Et mesmes à mes yeux cent suiets d'en auoir
S'offrent le plus souuent que ie ne veux pas voir.

Auec vous en amour ie cours mefme fortune ;
Celle que vous aurez me doit eftre commune ;
La maiftreffe ne peut abufer vôtre foy,
A moins que la fuiuante en faffe autant pour moy :
Mais i'en fuis la penfée auec vn foin extréme.
Ie veux croire les gens quand on me dit ie t'ayme ;
Et ne vais point chercher, pour m'eftimer heureux,
Si Mafcarille ou non, s'arrache les cheueux.
Que tantoft Marinette endure qu'à fon ayfe
Iodelet par plaifir la careffe & la baife,
Et que ce beau riual en rie ainfi qu'vn foû,
A fon exemple auffi i'en riray tout mon faoû ;
Et l'on verra qui rit auec meilleure grace.

ERASTE.

Voila de tes difcours.

GROS-RENÉ.

Mais ie la voy qui paffe.

SCENE II.

Marinette, Erafte, Gros-René.

GROS-RENÉ.

St, Marinette.

MARINETTE.

Ho, ho. Que fais-tu là ?

GROS-RENÉ.

Ma foy,
Demande, nous étions tout à l'heure fur toy.

MARINETTE.

Vous eſtes auſſi là! monſieur; depuis vne heure
Vous m'auez fait troter comme vn Baſque, ie meure.

ERASTE.

Comment?

MARINETTE.

          Pour vous chercher i'ay fait dix mille pas,
Et vous promets, ma foy...

ERASTE.

          Quoy?

MARINETTE.

          Que vous n'eſtes pas
Au temple, au cours, chez vous, ny dans la grande place.

GROS-RENÉ.

Il falloit en iurer.

ERASTE.

          Aprend-moy donc de grace
Qui te fait me chercher.

MARINETTE.

          Quelqu'vn, en verité,
Qui pour vous n'a pas trop mauuaiſe volonté,
Ma maiſtreſſe en vn mot.

ERASTE.

          Ha! chere Marinette,
Ton diſcours de ſon cœur eſt-il bien l'interprete?
Ne me déguiſe point vn miſtere fatal,
Ie ne t'en voudray pas pour cela plus de mal :
Au nom des Dieux, dy-moy ſi ta belle maiſtreſſe

N'abufe point mes vœux d'vne fauffe tendreffe.

MARINETTE.

Hé, hé, d'où vous vient donc ce plaifant mouuement?
Elle ne fait pas voir affez fon fentiment;
Quel garant eſt-ce encor que vôtre amour demande?
Que luy faut-il?

GROS-RENÉ.

A moins que Valere fe pende,
Bagatelle; fon cœur ne s'affeurera point.

MARINETTE.
Comment?

GROS-RENÉ.

Il eſt ialoux iufques en vn tel point.

MARINETTE.

De Valere? Ha! vrayment la penfée eſt bien belle!
Elle peut feulement naiſtre en vôtre ceruelle!
Ie vous croyois du fens, & iufqu'à ce moment;
I'auois de vôtre efprit quelque bon fentiment,
Mais, à ce que ie voy, ie m'eſtois fort trompée.
Ta teſte de ce mal eſt-elle auffi frapée?

GROS-RENÉ.

Moy ialoux? Dieu m'en garde, & d'eſtre affez badin,
Pour m'aller emmaigrir auec vn tel chagrin;
Outre que de ton cœur ta foy me cautionne,
L'opinion que i'ay de moy-mefme eſt trop bonne
Pour croire aupres de moy que quelqu'autre te plut,
Où diantre pourrois-tu trouuer qui me valuſt?

MARINETTE.

En effet, tu dis bien, voila comme il faut eſtre,

Iamais de ces foupçons qu'vn ialoux fait paroiſtre :
Tout le fruit qu'on en cueille eſt de ſe mettre mal,
Et d'auancer par là les deſſeins d'vn riual :
Au merite ſouuent de qui l'éclat vous bleſſe,
Vos chagrins font ouurir les yeux d'vne maiſtreſſe :
Et i'en ſçay tel qui doit ſon deſtin le plus doux
Aux ſoins trop inquiets de ſon riual ialoux.
Enfin, quoy qu'il en ſoit, témoigner de l'ombrage
C'eſt iouër en amour un mauuais perſonnage,
Et ſe rendre apres tout miſerable à credit :
Cela, Seigneur Eraſte, en paſſant vous ſoit dit.

ERASTE.

Hé bien, n'en parlons plus. que venois-tu m'aprendre ?

MARINETTE.

Vous meriteriez bien que l'on vous fit attendre :
Qu'afin de vous punir ie vous tinſſe caché,
Le grand ſecret pourquoy ie vous ay tant cherché.
Tenez, voyez ce mot, & ſortez hors de doute.
Liſez-le donc tout haut; perſonne icy n'écoute.

ERASTE lit.

　　Vous m'auez dit que vôtre amour
　　Eſtoit capable de tout faire,
Il ſe couronnera luy-meſme dans ce iour,
　　S'il peut auoir l'aueu d'vn pere.
Faites parler les droits qu'on a deſſus mon cœur ;
　　Ie vous en donne la licence :
　　Et, ſi c'eſt en vôtre faueur,
　　Ie vous répons de mon obeïſſance.
Ha! quel bon-heur! ô, toy, qui me l'as apporté
Ie te dois regarder comme vne Deïté.

GROS-RENÉ.

Ie vous le difois bien contre vôtre croyance,
Ie ne me trompe guere aux chofes que ie penfe.

ERASTE *lit.*

Faites parler les droits qu'on a deffus mon cœur ;
　　　Ie vous en donne la licence :
　　　Et, fi c'eft en vôtre faueur,
　　Ie vous répons de mon obeïffance.

MARINETTE.

Si ie luy raportois vos foibleffes d'efprit,
Elle defauoücroit bien-toft vn tel écrit.

ERASTE.

Ha, cache luy, de grace, vne peur paffagere
Où mon ame a creu voir quelque peu de lumiere ;
Ou, fi tu la luy dîs, adjoufte que ma mort
Eft prefte d'expier l'erreur de ce tranfport ;
Que ie vais à fes pieds, fi i'ay pû luy déplaire,
Sacrifier ma vie à fa iufte colere.

MARINETTE.

Ne parlons point de mort, ce n'en eft pas le temps.

ERASTE.

Au refte, ie te doy beaucoup, & ie pretens
Reconnoiftre dans peu de la bonne maniere
Les foins d'vne fi noble et fi belle courriere.

MARINETTE.

A propos ; fçaues vous où ie vous ay cherché
Tantoft encore ?

ERASTE.

　　　　He bien ?

MARINETTE.

                    Tout proche du marché.
Où vous fçauez.

            ERASTE.

    Où donc?

            MARINETTE.

                    Là, dans cette boutique
Où dés le mois paſſé voſtre cœur magnifique
Me promit, de ſa grace, vne bague.

            ERASTE.
                            Ha, i'entends.

            GROS-RENÉ.

La Matoiſe !

            ERASTE.

        Il eſt vray, i'ay tardé trop long-temps
A m'acquiter vers toy d'vne telle promeſſe :
Mais...

            MARINETTE.

    Ce que i'en ay dit, n'eſt pas que ie vous preſſe.

            GROS-RENÉ.

Ho! que non!

            ERASTE.

        Celle-cy peut-eſtre aura dequoy
Te plaire. Accepte-la pour celle que ie doy.

            MARINETTE.

Monſieur, vous vous moquez, i'aurois honte à la prendre.

            GROS-RENÉ.

Pauure honteuſe, pren, ſans dauantage attendre.
Refuſer ce qu'on donne, eſt bon à faire aux foux.

            MARINETTE.

Ce fera pour garder quelque choſe de vous.

ERASTE.

Quand puis-je rendre grace à cet ange adorable?

MARINETTE.

Trauaillez à vous rendre vn pere fauorable.

ERASTE.

Mais, s'il me rebutoit, dois-ie...

MARINETTE.

              A lors comme à lors,
Pour vous on employra toutes fortes d'efforts,
D'vne façon ou d'autre il faut qu'elle foit voſtre;
Faites vôtre pouuoir, & nous ferons le nôtre.

ERASTE.

Adieu, nous en fçaurons le fuccés dans ce iour.

MARINETTE.

Et nous, que dirons-nous auſſi de nôtre amour?
Tu ne m'en parles point.

GROS-RENÉ.

            Vn hymen qu'on fouhaite
Entre gens comme nous eſt chofe bien toſt faite.
Ie te veux. Me veux-tu de mefme?

MARINETTE.

              Auec plaifir.

GROS-RENÉ.

Touche; il fuffit.

MARINETTE.

       Adieu, Gros-René mon defir.

GROS-RENÉ.

Adieu, mon Aſtre.

MARINETTE.

Adieu, beau tifon de ma flame.

GROS-RENÉ.

Adieu, chere comete, arc-en-Ciel de mon ame.
Le bon Dieu foit loüé, nos affaires vont bien;
Albert n'eft pas vn homme à vous refufer rien.

ERASTE.

Valere vient à nous.

GROS-RENÉ.

Ie plains le pauure hére.
Sçachant ce qui fe paffe.

SCENE III.

Erafte, Valere, Gros-René.

ERASTE.

Hé bien ? Seigneur Valere.

VALERE.

Hé bien? Seigneur Erafte.

ERASTE.

En quel état l'amour?

VALERE.

En quel état vos feux ?

ERASTE.

Plus forts de iour en iour.

VALERE.

Et mon amour plus fort.

ERASTE.

Pour Lucile ?

VALERE.

Pour elle.

ERASTE.

Certes, ie l'auoûeray, vous eftes le modelle
D'vne rare conftance.

VALERE.

Et vôtre fermeté
Doit eftre vn rare exemple à la pofterité.

ERASTE.

Pour moy, ie fuis peu fait à cet amour auftere,
Qui dans les feuls regards treuue à fe fatisfaire,
Et ie ne forme point d'affez beaux fentimens,
Pour fouffrir conftamment les mauuais traitemens.
Enfin, quand i'ayme bien, i'ayme fort que l'on m'ayme.

VALERE.

Il eft tres-naturel, & i'en fuis bien de mefme :
Le plus parfait obiet dont ie ferois charmé
N'auroit pas mes tributs, n'en eftant point aymé.

ERASTE.

Lucile cependant...

VALERE.

Lucile dans fon ame
Rend tout ce que ie veux qu'elle rende à ma flame

ERASTE.

Vous eftes donc facile à contenter.

VALERE.

Pas tant
Que vous pourriez penfer.

ERASTE.

Ie puis croire pourtant,
Sans trop de vanité, que ie fuis en fa grace.

VALERE.

Moy, ie fçay que i'y tiens vne affez bonne place.

ERASTE.

Ne vous abufez point; croyez moy.

VALERE.

Croyez moy.
Ne laiffez point duper vos yeux à trop de Foy.

ERASTE.

Si i'ofois vous monftrer vne preuue affeurée
Que fon cœur... non; voftre ame en feroit alterée.

VALERE.

Si ie vous ofois moy defcouurir en fecret...
Mais, ie vous facherois, & veux eftre difcret.

ERASTE.

Vrayment, vous me pouffez; & contre mon enuie
Voftre prefomption veut que ie l'humilie.
Lifez.

VALERE.

Ces mots font doux.

ERASTE.

Vous connoiffez la main?

VALERE.

Ouy, de Lucile.

ERASTE.

Hé bien? cet efpoir fi certain...

VALERE *riant.*

Adieu, Seigneur Erafte.

GROS-RENÉ.

Il eft foû le bon Sire.
Où vient-il donc, pour luy de voir le mot pour rire ?

ERASTE.

Certes, il me furprend, & i’ignore, entre nous,
Quel diable de miftere eft caché là deffous.

GROS-RENÉ.

Son valet vient, ie penfe.

ERASTE.

Ouy, ie le voy paroiftre.
Feignons, pour le ietter fur l’amour de fon maiftre.

SCENE IV.

Mafcarille, Erafte, Gros-René.

MASCARILLE.

Non, ie ne trouue point d’eftat plus mal-heureux,
Que d’auoir vn patron ieune & fort amoureux.

GROS-RENÉ.

Bon iour.

MASCARILLE.

Bon iour.

GROS-RENÉ.

Où tend Mafcarille à cette heure ?
Que fait-il ? reuient-il ? va-t’il ? ou s’il demeure ?

MASCARILLE.

Non, ie ne reuiens pas; car ie n'ay pas esté :
Ie ne vais pas aussi; car ie suis arresté :
Et ne demeure point; car, tout de ce pas mesme,
Ie pretens m'en aller.

ERASTE.

La rigueur est extreme :
Doucement, Mascarille.

MASCARILLE.

Ha! monsieur, Seruiteur.

ERASTE.

Vous nous fuyez bien viste? hé quoy! vous fay-ie peur?

MASCARILLE.

Ie ne croy pas cela de vôtre courtoisie.

ERASTE.

Touche : nous n'auons plus suiet de ialousie;
Nous deuenons amis, & mes feux que i'éteins
Laissent la place libre à vos heureux desseins.

MASCARILLE.

Pleust à Dieu !

ERASTE.

Gros-René sçait qu'ailleurs ie me iette.

GROS-RENÉ.

Sans doute : & ie te cede aussi la Marinette.

MASCARILLE.

Passons sur ce poinct là; nôtre riualité
N'est pas pour en venir à grande extremité :
Mais, est-ce vn coup bien seur que vôtre Seigneurie
Soit des-énamourée, ou si c'est raillerie ?

I.   9

ERASTE.

I'ay fçeu qu'en fes amours ton maiftre eftoit trop bien;
Et ie ferois vn foû de pretendre plus rien
Aux eftroites faueurs qu'il a de cette belle.

MASCARILLE.

Certes, vous me plaifez auec cette nouuelle;
Outre qu'en nos proiets ie vous craignois vn peu,
Vous tirez fagement votre épingle du ieu.
Ouy, vous auez bien fait de quitter vne place,
Où l'on vous careffoit pour la feule grimace;
Et mille fois, fçachant tout ce qui fe paffoit,
I'ay plaint le faux efpoir dont on vous repaiffoit.
On offence vn braue homme alors que l'on l'abufe.
Mais. d'où, diantre, apres tout, auez-vous fçeu la rufe ?
Car cet engagement mutuel de leur foy
N'eut, pour témoins, la nuit, que deux autres & moy;
Et l'on croit iufqu'icy la chaine fort fecrette
Qui rend de nos amans la flame fatisfaite.

ERASTE.

Hé! que dis-tu ?

MASCARILLE.

      Ie dis que ie fuis interdit :
Et ne fçay pas, Monfieur, qui peut vous auoir dit,
Que, fous ce faux femblant qui trompe tout le monde,
En vous trompant auffi, leur ardeur fans feconde
D'vn fecret mariage a ferré le lien.

ERASTE.

Vous en auez menty.

MASCARILLE.

      Monfieur, ie le veux bien.

ERASTE.

Vous eftes vn coquin.

MASCARILLE.

D'acord.

ERASTE.

                Et cette audace
Meriteroit cent coups de bafton fur la place.

MASCARILLE.

Vous auez tout pouuoir.

ERASTE.

        Ha! Gros-René.

GROS-RENÉ.

                Monfieur.

ERASTE.

Ie demens vn difcours dont ie n'ay que trop peur.
Tu penfes fuyr?
    à Mafcarille.

MASCARILLE.

Nenny.

ERASTE.

        Quoy! Lucile eft la femme...

MASCARILLE.

Non, Monfieur, ie raillois.

ERASTE.

        Ha! vous raillez! infame.

MASCARILLE.

Non, ie ne raillois point.

ERASTE.

        Il eft donc vray?

MASCARILLE.
                              Non pas;
Ie ne dis pas cela.

ERASTE.
    Que dis-tu donc ?

MASCARILLE.
                              Helas!
Ie ne dy rien, de peur de mal parler.

ERASTE.
                              Affeure,
Ou fi c'eft chofe vraye, ou fi c'eft impofture.

MASCARILLE.
C'eft ce qu'il vous plaira : ie ne fuis pas icy
Pour vous rien contefter.

ERASTE.
              Veux tu dire ? voicy,
Sans marchander, de quoy te delier la langue.

MASCARILLE.
Elle ira faire encor quelque fotte harangue.
Hé, de grace, plutoft, fi vous le trouuez bon,
Donnez-moy viftement quelques coups de bafton,
Et me laiffez tirer mes chauffes fans murmure.

ERASTE.
Tu mourras, ou ie veux que la verité pure
S'exprime par ta bouche.

MASCARILLE.
              Helas! ie la diray :
Mais, peut-eftre, monfieur, que ie vous fafcheray.

ERASTE.
Parle : mais prend bien garde à ce que tu vas faire ;

A ma iuste fureur rien ne te peut souftraire,
Si tu mens d'vn seul mot en ce que tu diras.

MASCARILLE.

I'y consens, rompez moy les iambes & les bras ;
Faites moy pis encor, tuez moy si i'impose
En tout ce que i'ay dit icy la moindre chose.

ERASTE.

Ce mariage est vray ?

MASCARILLE.

    Ma langue, en cet endroit,
A fait vn pas de clerc dont elle s'aperçoit :
Mais, enfin, cette affaire est comme vous la dites ;
Et c'est apres cinq iours de nocturnes visites,
Tandis que vous feriez à mieux conurir leur ieu,
Que depuis auanthier ils sont ioints de ce nœu ;
Et Lucile depuis fait encor moins paroistre
La violente amour qu'elle porte à mon maistre.
Et veut absolument que tout ce qu'il verra,
Et qu'en vôtre faueur son cœur témoignera,
Il l'impute à l'effet d'vne haute prudence,
Qui veut de leurs secrets oster la connoissance.
Si, malgré mes sermens, vous doutez de ma foy,
Gros-René peut venir vne nuit auec moy ;
Et ie luy feray voir estant en sentinelle
Que nous auons dans l'ombre vn libre accez chez elle.

ERASTE.

Oste toy de mes yeux, maraut.

MASCARILLE.

    Et de grand cœur ;
C'est ce que ie demande.

ERASTE.

Hé bien !

GROS-RENÉ.

Hé bien ! Monfieur ;
Nous en tenons tous deux, fi l'autre eft veritable.

ERASTE.

Las ! il ne l'eft que trop, le bourreau deteftable.
Ie voy trop d'aparence à tout ce qu'il a dit :
Et ce qu'a fait Valere, en voyant cét écrit,
Marque bien leur concert, & que c'eft vne baye
Qui fert fans doute aux feux dont l'ingrate le paye.

SCENE V.

Marinette, Gros-René, Erafte.

MARINETTE.

Ie viens vous auertir que tantoft fur le foir
Ma maiftreffe au iardin vous permet de la voir.

ERASTE.

Ofes-tu me parler, ame double, & traiftreffe ?
Va, fors de ma prefence, & dis à ta maiftreffe,
Qu'auecque fes écrits elle me laiffe en paix,
Et que voila l'état, infame, que i'en fais.

MARINETTE.

Gros-René, dy-moy donc, quelle mouche le pique.

GROS-RENÉ.

M'ofes-tu bien encor parler ? femelle inique,
Crocodile trompeur, de qui le cœur felon

Est pire qu'vn Satrape. ou bien qu'vn L'eitrigon.
Va, va, rendre réponse à ta bonne maittresse.
Et luy dy bien & beau que, malgré sa soupleße.
Nous ne sommes plus sots. ny mon maittre. ni moy.
Et deformais qu'elle aille au Diable auecque toy.

MARINETTE.

Ma pauure Marinette, es-tu bien éueillée ?
De quel démon est donc leur ame trauaillée ?
Quoy, faire vn tel accueil à nos soins obligeans !
O ! que cecy chez nous va furprendre les gens !

Fin du premier Acte.

ACTE II.

SCENE PREMIERE.

Ascagne, Frosine.

FROSINE.

ASCAGNE, ie suis fille à secret, Dieu mercy.

ASCAGNE.

Mais, pour vn tel discours, sommes nous bien icy?
Prenons garde qu'aucun ne nous vienne surprendre,
Ou que de quelque endroit on ne nous puisse entendre.

FROSINE.

Nous serions au logis beaucoup moins seurement :
Icy de tous costez on découure ayfément,
Et nous pouuons parler auec toute asseurance.

ASCAGNE.

Helas ! que i'ay de peine à rompre mon silence !

FROSINE.

Oüay ! cecy doit donc estre vn important secret.

ASCAGNE.

Trop, puisque ie le dis à vous mesme à regret,
Et que si ie pouuois le cacher dauantage,
Vous ne le sçauriez point.

FROSINE.

     Ha ! c'eſt me faire outrage
Feindre à s'ouurir à moy ! dont vous auez connu
Dans tous vos interets l'eſprit ſi retenu.
Moy nourrie auec vous ! & qui tiens ſous ſilence
Des choſes qui vous ſont de ſi grande importance !
Qui ſçais...

ASCAGNE.

     Ouy, vous ſçauez la ſecrette raiſon
Qui cache aux yeux de tous mon ſexe & ma maiſon :
Vous ſçauez que dans celle où paſſa mon bas age
Ie ſuis, pour y pouuoir retenir l'heritage
Que relaſchoit ailleurs le ieune Aſcagne mort,
Dont mon déguiſement fait reuiure le ſort.
Et c'eſt auſſi pourquoy ma bouche ſe diſpenſe
A vous ouurir mon cœur auec plus d'aſſeurance.
Mais, auant que paſſer, Froſine, à ce diſcours,
Eclairciſſez vn doute où ie tombe touſiours.
Se pourroit-il qu'Albert ne ſçeut rien du miſtere
Qui maſque ainſi mon ſexe & l'a rendu mon pere ?

FROSINE.

En bonne foy, ce poinct ſur quoy vous me preſſez,
Eſt vne affaire auſſi qui m'embaraſſe aſſez :
Le fond de cette intrigue eſt pour moy lettre cloſe :
Et ma mere ne put m'eclaircir mieux la choſe.
Quand il mourut ce fils l'obiet de tant d'amour,
Au deſtin de qui meſme, auant qu'il vinſt au iour,
Le teſtament d'vn oncle abondant en richeſſes
D'vn ſoin particulier auoit fait des largeſſes,
Et que ſa mere fit vn ſecret de ſa mort,
De ſon eſpoux abſent redoutant le tranſport,

S'il voyoit chez vn autre aller tout l'heritage
Dont fa maifon tiroit vn fi grand auantage,
Quand, dif-ie, pour cacher vn tel éuenement,
La fuppofition fut de fon fentiment,
Et qu'on vous prit chez nous où vous eftiez nourrie.
Vôtre mere d'accord de cette tromperie
Qui remplaçoit ce fils à fa garde commis,
En faueur des prefens le fecret fut promis.
Albert ne l'a point fçeu de nous ; & pour fa femme,
L'ayant plus de douze ans conferué dans fon ame.
Comme le mal fut prompt dont on la vit mourir,
Son trépas impreueu ne put rien decouurir.
Mais, cependant, ie voy qu'il garde intelligence
Auec celle de qui vous tenez la naiffance.
I'ay fçeu, qu'en fecret mefme, il lui faifoit du bien ;
Et peut-eftre cela ne fe fait pas pour rien.
D'autre part, il vous veut porter au mariage ;
Et, comme il le pretend, c'eft vn mauuais langage :
Ie ne fçay s'il fçauroit la fuppofition
Sans le déguifement ; mais la digreffion
Tout infenfiblement pourroit trop loin s'étendre :
Reuenons au fecret que ie brûle d'apprendre.

ASCAGNE.

Sçachez donc que l'amour ne fçait point s'abufer ;
Que mon fexe à fes yeux n'a peu fe déguifer,
Et que fes traits fubtils, fous l'habit que ie porte,
Ont fçeu trouuer le cœur d'vne fille peu forte :
I'ayme enfin.

FROSINE.

Vous aymez ?

ASCAGNE.

                    Frofine, doucement ;

N'entrez pas tout à fait dedans l'étonnement :
Il n'est pas temps encore : & ce cœur qui soupire
A bien pour vous surprendre autre chose à vous dire.

FROSINE.

Et quoy ?

ASCAGNE.

I'ayme Valere.

FROSINE.

       Ha ! vous auiez raison.
L'obiet de vôtre amour, luy dont à la maison
Vôtre imposture enleue vn puissant heritage,
Et qui de vôtre sexe ayant le moindre ombrage.
Verroit incontinant ce bien luy retourner.
C'est encore vn plus grand sujet de s'étonner.

ASCAGNE.

I'ay dequoy toutefois surprendre plus voltre ame :
Ie suis sa femme.

FROSINE.

    O ! Dieux ! sa femme !

ASCAGNE.

          Ouy, sa femme.

FROSINE.

Ha ! certes celuy-là l'emporte, & vient à bout
De toute ma raison.

ASCAGNE.

  Ce n'est pas encor tout.

FROSINE.

Encore !

ASCAGNE.

  Ie la suis, dis-je, sans qu'il le pense,

Ny qu'il ait de mon fort la moindre connoiffance.

FROSINE.

Ho ! pouffez ; ie le quitte, & ne raifonne plus,
Tant mes fens coup fur coup fe treuuent confondus.
A ces Enigmes là ie ne puis rien comprendre.

ASCAGNE.

Ie vais vous l'expliquer, fi vous voulez m'entendre.
  Valere dans les fers de ma fœur arrefté
Me fembloit vn amant digne d'eftre écouté,
Et ie ne pouuois voir qu'on rebutaft fa flame,
Sans qu'vn peu d'intereft touchât pour luy mon ame.
Ie voulois que Lucile aymaft fon entretien,
Ie blâmois fes rigueurs, & les blâmay fi bien,
Que moy mefme i'entray, fans pouuoir m'en deffendre,
Dans tous les fentimens qu'elle ne pouuoit prendre.
C'eftoit en luy parlant moy qu'il perfuadoit,
Ie me laiffois gagner aux foupirs qu'il perdoit,
Et fes veux rejettez de l'objet qui l'enflame
Eftoient, comme vainqueurs, receus dedans mon ame.
Ainfi mon cœur, Frofine, vn peu trop foible, hélas !
Se rendit à des foins qu'on ne luy rendoit pas,
Par vn coup reflefchy reçeut vne bleffure,
Et paya pour vn autre auec beaucoup d'vfure.
Enfin, ma chere, enfin, l'amour que i'eus pour luy
Se voulut expliquer, mais fous le nom d'autruy :
Dans ma bouche, vne nuit, cét amant trop aymable
Cruft rencontrer Lucile à fes vœux fauorable,
Et ie fçeus ménager fi bien cet entretien,
Que du dêguifement il ne reconnut rien.
Sous ce voile trompeur qui flatoit fa penfée,
Ie luy dis que pour luy mon ame eftoit bleffée ;

Mais que, voyant mon pere en d'autres fentimens,
Ie deuois vne feinte à fes commandemens ;
Qu'ainfi de nôtre amour nous ferions vn miftere.
Dont la nuit feulement feroit depofitaire,
Et qu'entre nous de iour, de peur de rien gàter,
Tout entretien fecret fe deuoit éuiter ;
Qu'il me verroit alors la mefme indifference,
Qu'auant que nous euffions aucune intelligence.
Et que de fon côté, de mefme que du mien,
Gefte, parole, écrit, ne m'en dit iamais rien.
Enfin, fans m'arrefter fur toute l'induftrie
Dont i'ay conduit le fil de cette tromperie.
I'ay pouffé iufqu'au bout vn projet fi hardy,
Et me fuis affuré l'Epoux que ie vous dy.

FROSINE.

Pefte ! les grans talens que vôtre efprit poffede !
Diroit-on qu'elle y touche, auec fa mine froide ?
Cependant, vous auez efté bien vifte icy ;
Car ie veux que la chofe ait d'abord reüffi.
Ne iugez vous pas bien, à regarder l'iffuë.
Qu'elle ne peut long-temps éuiter d'eftre fçeuë.

ASCAGNE.

Quand l'amour eft bien fort, rien ne peut l'arrefter ;
Ses projets feulement vont à fe contenter,
Et, pourueu qu'il arriue au but qu'il fe propofe,
Il croit que tout le refte apres eft peu de chofe.
Mais, enfin, aujourd'huy ie me découure à vous,
Afin que vos confeils... Mais voicy cét Epoux.

SCENE II.

Valere, Afcagne, Frofine.

VALERE.

Si vous eftes tous deux en quelque conference,
Où ie vous faffe tort de mefler ma prefence,
Ie me retireray.

ASCAGNE.

Non, non; vous pouuez bien,
Puis que vous le faifiez, rompre nôtre entretien.

VALERE.

Moy?

ASCAGNE.

Vous mefme.

VALERE.

Et comment?

ASCAGNE.

Ie difois que Valere
Auroit, fi i'eftois fille, vn peu trop fçeu me plaire;
Et que, fi ie faifois tous les veux de fon cœur,
Ie ne tarderois guere à faire fon bon-heur.

VALERE.

Ces proteftations ne coutent pas grand chofe,
Alors qu'à leur effet vn pareil fi s'oppofe :
Mais vous feriez bien pris, fi quelque éuenement
Alloit mettre à l'épreuue vn fi doux compliment.

ASCAGNE.

Point du tout; ie vous dy que regnant dans vôtre ame

Ie voudrois de bon cœur couronner vòtre flame.

VALERE.

Et si c'eſtoit quelqu'vne, où par vòtre ſecours
Vous puſſiez eſtre vtile au bon-heur de mes iours.

ASCAGNE.

Ie pourrois aſſez mal répondre à vòtre attente.

VALERE.

Cette confeſſion n'eſt pas fort obligeante.

ASCAGNE.

Hé! quoy! vous voudriez, Valere, iniuſtement,
Qu'eſtant fille, & mon cœur vous aymant tendrement,
Ie m'allaſſe engager auec vne promeſſe
De ſeruir vos ardeurs pour quelqu'autre maiſtreſſe.
Vn ſi penible effort pour moy m'eſt interdit.

VALERE.

Mais cela n'eſtant pas?

ASCAGNE.

      Ce que ie vous ay dit
Ie l'ay dit comme fille, & vous le deuez prendre
Tout de meſme.

VALERE.

      Ainſi donc il ne faut rien pretendre,
Aſcagne, à des bontez que vous auriez pour nous,
A moins que le Ciel faſſe vn grand miracle en vous.
Bref, ſi vous n'eſtes fille, adieu votre tendreſſe;
Il ne vous reſte rien qui pour nous s'intereſſe?

ASCAGNE.

I'ay l'eſprit delicat plus qu'on ne peut penſer,
Et le moindre ſcrupule a dequoy m'offenſer

Quand il s'agit d'aymer; enfin ie fuis fincere;
Ie ne m'engage point à vous feruir, Valere,
Si vous ne m'affurez au moins abfolument,
Que vous gardez pour moy le mefme fentiment;
Que pareille chaleur d'amitié vous tranfporte,
Et que, fi i'eftois fille, vne flame plus forte
N'outrageroit point celle où ie viurois pour vous.

VALERE.

Ie n'auois iamais veu ce fcrupule ialoux;
Mais tout nouueau qu'il eft, ce mouuement m'oblige,
Et ie vous fais icy tout l'aueu qu'il exige.

ASCAGNE.

Mais fans fard ?

VALERE.

Oui, fans fard.

ASCAGNE.

Il eft vray deformais;
Vos interets feront les miens, ie vous promets.

VALERE.

I'ay bien toft à vous dire vn important miftere,
Où l'effet de ces mots me fera neceffaire.

ASCAGNE.

Et i'ay quelque fecret de mefme à vous ouurir,
Où votre cœur pour moy fe pourra découurir.

VALERE.

Hé! de quelle façon cela pourroit-il eftre ?

ASCAGNE.

C'eft que i'ay de l'amour qui n'oferoit paroiftre.
Et vous pourriés auoir fur l'obiet de mes vœux
Vn empire à pouuoir rendre mon fort heureux.

VALERE.

Expliquez vous, Afcagne, & croyez par auance
Que voftre heur eft certain, s'il eft en ma puiffance.

ASCAGNE.

Vous promettez icy plus que vous ne croyez.

VALERE.

Non, non; dites l'obiet pour qui vous m'employez.

ASCAGNE.

Il n'eft pas encor temps; mais c'eft vne perfonne
Qui vous touche de prés.

VALERE.

    Voftre difcours m'étonne;
Pleuft à Dieu que ma fœur....

ASCAGNE.

    Ce n'eft pas la faifon
De m'expliquer, vous dif-ie.

VALERE.

   Et pourquoy?

ASCAGNE.

     Pour raifon.
Vous fçaurez mon fecret, quand ie fçauray le vôtre.

VALERE.

I'ay befoin pour cela de l'aueu de quelque autre.

ASCAGNE.

Ayez-le donc; & lors nous expliquant nos vœux,
Nous verrons qui tiendra mieux parole des deux.

VALERE.

Adieu; i'en fuis content.

I.   10

ASCAGNE.

Et moy content, Valere.

FROSINE.

Il croit trouuer en vous l'affiftance d'vn frere.

SCENE III.

Frofine, Afcagne, Marinette, Lucile.

LVCILE.

C'en eft fait ; c'eft ainfi que ie me puis vanger :
Et, fi cette action a dequoy l'affliger,
C'eft toute la douceur que mon cœur s'y propofe.
Mon frere, vous voyez vne metamorphofe.
Ie veux cherir Valere apres tant de fierté,
Et mes veux maintenant tournent de fon côté.

ASCAGNE.

Que dites-vous ? ma fœur ; comment ! courir au change !
Cette inégalité me femble trop étrange.

LVCILE.

La voftre me furprend auec plus de fuiet :
De vos foins autrefois Valere eftoit l'obiet ;
Ie vous ay veu pour luy m'accufer de caprice,
D'aueugle cruauté, d'orgueil, & d'iniuftice,
Et, quand ie veux l'aimer mon deffein vous déplaift,
Et ie vous voy parler contre fon intereft.

ASCAGNE.

Ie le quitte, ma fœur, pour embraffer le voftre :
Ie fçay qu'il eft rangé deffous les loix d'vn'autre,

Et ce feroit vn trait honteux à vos appas.
Si vous le r'apeliez & qu'il ne reuint pas.

LVCILE.

Si ce n'eft que cela, i'auray foin de ma gloire :
Et ie fçay pour fon cœur tout ce que i'en doy croire :
Il s'explique à mes yeux intelligiblement.
Ainfi, découurez-luy, fans peur, mon fentiment :
Ou, fi vous refufez de le faire, ma bouche
Luy va faire fçauoir que fon ardeur me touche.
Quoy! mon frere, à ces mots vous reftez interdit!

ASCAGNE.

Ha! ma fœur, fi fur vous ie puis auoir credit.
Si vous eftes fenfible aux prieres d'vn frere,
Quittez vn tel deffein, & n'ôtez point Valere
Aux vœux d'vn ieune obiet dont l'intereft m'eft cher.
Et qui fur ma parole a droit de vous toucher.
La pauure infortunée ayme auec violence;
A moy feul de fes feux elle fait confidence,
Et ie voy dans fon cœur de tendres mouuemens
A dompter la fierté des plus durs fentimens.
Ouy, vous auriez pitié de l'eftat de fon ame,
Connoiffant de quel coup vous menacez fa flame.
Et ie reffens fi bien la douleur qu'elle aura.
Que ie fuis affuré, ma fœur, qu'elle en mourra.
Si vous luy derobez l'amant qui peut luy plaire.
Erafte eft vn party qui doit vous fatisfaire ;
Et des feux mutuels...

LVCILE.

    Mon frere, c'eft affez :
Ie ne fçay point pour qui vous vous intereffez;
Mais, de grace, ceffons ce difcours. ie vous prie.

Et me laiſſez vn peu dans quelque réverie.

ASCAGNE.

Allez, cruelle ſœur, vous me deſeſperez,
Si vous effectuez vos deſſeins declarez.

SCENE IV.

Marinette, Lucile.

MARINETTE.

La reſolution, Madame, eſt aſſez prompte.

LVCILE.

Vn cœur ne peze rien alors que l'on l'affronte ;
Il court à ſa vengeance, & ſaiſit promptement
Tout ce qu'il croit ſeruir à ſon reſſentiment.
Le traiſtre ! faire voir cette inſolence extrême !

MARINETTE.

Vous m'en voyez encor toute hors de moy-meſme ;
Et, quoy que là deſſus ie rumine ſans fin,
L'auenture me paſſe & i'y pers mon latin.
Car enfin, aux tranſports d'vne bonne nouuelle,
Iamais cœur ne s'ouurit d'vne façon plus belle :
De l'écrit obligeant le ſien tout tranſporté
Ne me donnoit pas moins que de la deïté ;
Et cependant iamais, à cét autre meſſage,
Fille ne fut traitée auecque tant d'outrage.
Ie ne ſçay, pour cauſer de ſi grands changemens,
Ce qui s'eſt pû paſſer entre ces courts momens.

LVCILE.

Rien ne s'eſt pû paſſer dont il faille eſtre en peine,

Puis que rien ne le doit deffendre de ma haine.
Quoy! tu voudrois chercher hors de fa lâcheté
La fecrette raifon de cette indignité!
Cét écrit mal-heureux dont mon ame s'accufe
Peut-il à fon tranfport fouffrir la moindre excufe?

MARINETTE.

En effet; ie comprends que vous auez raifon,
Et que cette querelle eft pure trahifon.
Nous en tenons, Madame; & puis prétons l'oreille
Aux bons chiens de pendars qui nous chantent merueille,
Qui pour nous acrocher feignent tant de langueur;
Laiffons à leurs beaux mots fondre nôtre rigueur,
Rendons nous à leurs vœux, trop foibles que nous fommes.
Foin de nôtre fotife, & pefte foit des hommes.

LVCILE.

Hé bien, bien; qu'il s'en vante, & rie à nos dépens;
Il n'aura pas fuiet d'en triompher long-temps;
Et ie luy feray voir qu'en vne ame bien faite
Le mépris fuit de pres la faueur qu'on rejette.

MARINETTE.

Au moins, en pareil cas, eft-ce vn bon-heur bien doux.
Quand on fçait qu'on n'a point d'auantage fur vous.
Marinette eut bon nez, quoy qu'on en puiffe dire,
De ne permetre rien vn foir qu'on vouloit rire.
Quelque autre, fous efpoir de matrimonion,
Auroit ouuert l'oreille à la tentation;
Mais moy, nefcio, vos.

LVCILE.

Que tu dis de folies!
Et choifis mal ton temps pour de telles faillies!
Enfin ie fuis touchée au cœur fenfiblement,

Et, fi iamais celuy de ce perfide amant
Par vn coup de bon-heur, dont i'aurois tort, ie penfe,
De vouloir à prefent conceuoir l'efperance,
(Car le Ciel a trop pris plaifir à m'affliger,
Pour me donner celuy de me pouuoir vanger)
Quand, dif-ie, par vn fort à mes defirs propice,
Il reuiendroit m'offrir fa vie en facrifice,
Detefter à mes pieds l'action d'auiourd'huy,
Ie te deffens fur tout de me parler pour luy.
Au contraire, ie veux que ton zele s'exprime
A me bien metre aux yeux la grandeur de fon crime,
Et mefme, fi mon cœur eftoit pour luy tenté
De defcendre iamais à quelque lâcheté,
Que ton affection me foit alors feuere,
Et tienne comme il faut la main à ma colere.

MARINETTE.

Vrayment, n'ayez point peur, & laiffez faire à nous;
I'ay pour le moins autant de colere que vous;
Et ie ferois plûtôt fille toute ma vie,
Que mon gros traitre auffi me redonnât enuie.
S'il vient...

SCENE V.

Marinette, Lucile, Albert.

ALBERT.

Rentrez, Lucile, & me faites venir
Le precepteur, ie veux vn peu l'entretenir,
Et m'informer de luy qui me gouuerne Afcagne,

S'il fçait point quel ennuy depuis peu l'acompagne.
Il continue feul.
En quel gouffre de foins & de perplexité
Nous iette vne action faite fans équité!
D'vn enfant fuppofé par mon trop d'auarice
Mon cœur depuis long-temps fouffre bien le fupplice.
Et, quand ie voy les maux où ie me fuis plongé,
Ie voudrois à ce bien n'auoir iamais fongé.
Tantoft ie crains de voir, par la fourbe éuentée,
Ma famille en opprobre & mifere iettée;
Tantoft, pour ce fils-là, qu'il me faut conferuer.
Ie crains cent accidens qui peuuent arriuer.
S'il aduient que dehors quelque affaire m'appelle,
I'apprehende au retour cette trifte nouuelle,
Las! vous ne fçauez pas? vous l'a-t'on anoncé?
Voftre fils a la fièvre, ou iambe, ou bras caffé :
Enfin, à tous momens, furquoy que ie m'arrefte,
Cent fortes de chagrins me roulent par la tefte,
Ha!

SCENE VI.

Albert, Metaphrafle.

METAPHRASTE.

Mandatum tuum curo diligenter.

ALBERT.

Maiftre, i'ay voulu...

METAPHRASTE.

Maiftre eft dit à *Magifter,*
C'eft comme qui diroit trois fois plus grand.

ALBERT.

                              Ie meure,
Si ie fçauois cela. Mais, foit; à la bonne heure.
Maiftre, donc...

METAPHRASTE.

Pourfuiuez.

ALBERT.

                    Ie veux pourfuiure auffi;
Mais ne pourfuiuez point, vous, d'interrompre ainfi.
Donc, encore vne fois, Maiftre, c'eft la troifiéme,
Mon fils me rend chagrin; vous fçauez que ie l'ayme,
Et que foigneufement ie l'ay toûjours nourry.

METAPHRASTE.

Il eft vray; *Filio non poteft preferri*
Nifi filius.

ALBERT.

              Maiftre, en difcourant enfemble,
Ce iargon n'eft pas fort neceffaire, me femble;
Ie vous croy grand Latin, & grand Docteur iuré;
Ie m'en raporte à ceux qui m'en ont affuré :
Mais, dans vn entretien qu'auec vous ie deftine,
N'allez point déployer toute voftre doctrine,
Faire le pedagogue, & cent mots me cracher,
Comme fi vous eftiez en chaire pour prefcher.
Mon pere, quoy qu'il eut la tefte des meilleures,
Ne m'a iamais rien fait aprendre que mes heures,
Qui, depuis cinquante ans dites iournellement
Ne font encor pour moy que du haut Allemant.
Laiffez donc en repos voftre fcience augufte,
Et que voftre langage à mon foible s'ajufte.

METAPHRASTE.

Soit.

ALBERT.

A mon fils, l'hymen femble luy faire peur,
Et, fur quelque party que ie fonde fon cœur,
Pour vn pareil lien il eft froid, & recule.

METAPHRASTE.

Peut-eftre a-t'il l'humeur du frere de Marc-Tulle,
Dont auec Atticus le mefme fait fermon,
Et comme auffi les Grecs difent *Atanaton*.

ALBERT.

Mon Dieu, Maiftre éternel, laiffez-la, ie vous prie,
Les Grecs, les Albanois, auec l'Efclauonie
Et tous ces autres gens dont vous venez parler;
Eux & mon fils n'ont rien enfemble à démefler.

METAPHRASTE.

Hé bien, donc? voftre fils?

ALBERT.

              Ie ne fçay fi dans l'ame
Il ne fentiroit point une fecrette flame.
Quelque chofe le trouble, ou ie fuis fort déceu,
Et ie l'aperçeus hier, fans en eftre aperçeu,
Dans vn recoin du bois où nul ne fe retire.

METAPHRASTE.

Dans vn lieu reculé du bois, voulez-vous dire;
Vn endroit écarté, *Latinè feceffus;*
Virgile l'a dit, *eft in feceffu locus…*

ALBERT.

Comment auroit-il pû l'auoir dit ce Virgile?
Puis que ie fuis certain que dans ce lieu tranquile
Ame du monde enfin n'eftoit lors que nous deux.

METAPHRASTE.

Virgile eſt nommé là comme vn autheur fameux
D'vn terme plus choiſi que le mot que vous dites,
Et non comme teſmoin de ce que hier vous viſtes.

ALBERT.

Et moy, ie vous dis, moy, que ie n'ay pas beſoin
De terme plus choiſi, d'autheur ny de teſmoin,
Et qu'il ſuffit icy de mon ſeul témoignage.

METAPHRASTE.

Il faut choiſir pourtant les mots mis en vſage
Par les meilleurs autheurs; *tu, viuendo, bonos,*
Comme on dit, *ſcribendo, ſequare peritos.*

ALBERT.

Homme, ou demon, veux-tu m'entendre ſans conteſte?

METAPHRASTE.

Quintilien en fait le precepte.

ALBERT.
                              La peſte
Soit du cauſeur!

METAPHRASTE.
                Et dit la deſſus doctement
Vn mot, que vous ferez bien aiſe aſſurément
D'entendre.

ALBERT.
           Ie feray le diable qui t'emporte,
Chien d'homme. O! que ie ſuis tenté d'eſtrange ſorte
De faire ſur ce mufle vne application?

METAPHRASTE.

Mais, qui cauſe, Seigneur, vôtre inflammation?
Que voulez vous de moy?

ALBERT.

Ie veux que l'on m'écoute,
Vous ay-ie dit vingt fois, quand ie parle.

METAPHRASTE.

                              Ha! fans doute,
Vous ferez fatisfait, s'il ne tient qu'à cela.
Ie me tais.

ALBERT.

        Vous ferez fagement.

METAPHRASTE.

                        Me voila
Tout preft de vous ouyr.

ALBERT.

            Tant mieux.

METAPHRASTE.

                        Que ie trepaffe,
Si ie dis plus mot.

ALBERT.

            Dieu vous en faffe la grace.

METAPHRASTE.

Vous n'accuferez point mon caquet deformais.

ALBERT.

Ainfi foit-il.

METAPHRASTE.

        Parlez quand vous voudrez.

ALBERT.

                        I'y vais.

METAPHRASTE.

Et n'aprehendez plus l'interruption nôtre.

ALBERT.

C'eſt aſſez dit.

METAPHRASTE.

Ie ſuis exaĉt plus qu'aucun autre.

ALBERT.

Ie le croy.

METAPHRASTE.

I'ay promis que ie ne dirois rien.

ALBERT.

Suffit.

METAPHRASTE.

Dés apreſent ie ſuis müet.

ALBERT.

Fort bien.

METAPHRASTE.

Parlez : courage ; au moins, ie vous donne audiance ;
Vous ne vous plaindrez pas de mon peu de ſilence,
Ie ne deſſerre pas la bouche ſeulement.

ALBERT.

Le traiſtre !

METAPHRASTE.

Mais, de grace, acheuez viſtement ;
Depuis long-temps i'écoute, il eſt bien raiſonnable
Que ie parle à mon tour.

ALBERT.

Donc, bourreau deteſtable...

METAPHRASTE.

Hé ! bon Dieu ! voulez-vous que i'écoute à iamais ?
Partageons le parler, au moins, ou ie m'en vais.

ALBERT.

Ma patience est bien...

METAPHRASTE.

Quoy! voulez vous pourfuiure?
Ce n'est pas encor fait? *per iouem*, ie fuis yure.

ALBERT.

Ie n'ay pas dit...

METAPHRASTE.

Encor! bon Dieu! que de difcours!
Rien n'eft-il fuffifant d'en arrefter le cours!

ALBERT.

I'enrage.

METAPHRASTE.

De rechef? ò! l'eftrange torture!
Hé! laiffez moy parler vn peu, ie vous coniure;
Vn fot qui ne dit mot ne fe diftingue pas
D'vn fçauant qui fe tait.

ALBERT *s'en allant.*

Parbleu, tu te tairas.

METAPHRASTE.

D'où vient fort à propos cette Sentence expreffe
D'vn Philofophe, parle afin qu'on te connoiffe.
Doncques, fi de parler le pouuoir m'eft ofté,
Pour moy, i'ayme autant perdre auffi l'humanité,
Et changer mon Effence en celle d'vne befte.
Me voila pour huit iours auec vn mal de tefte.
O! que les grans parleurs font par moy deteftez.
Mais quoy! fi les fçauans ne font point écoutez,
Si l'on veut que toûjours ils ayent la bouche clofe.
Il faut donc renuerfer l'ordre de chaque chofe;

Que les poules dans peu deuorent les renards;
Que les ieunes enfans remontrent aux vieillards;
Qu'à pourfuiure les loups les agnelets s'ébatent;
Qu'vn fou faſſe les loix; que les femmes combatent;
Que par les criminels les Iuges foient iugez :
Et par les écoliers les maiſtres fuſtigez;
Que le malade au fain prefente le remede;
Que le liéure craintif... mifericorde, à l'ayde.

Albert luy vient fonner aux oreilles vne cloche qui le fait fuir.

Fin du fecond Acte.

*A*CTE III.

SCENE PREMIERE.

Mafcarille.

E Ciel par fois feconde vn deſſein temeraire,
Et l'on fort comme on peut d'vne meſchante affaire.
Pour moy, qu'vne imprudence a trop fait difcourir,
Le remede plus prompt où i'ay fceu recourir.
C'eſt de pouſſer ma pointe, & dire en diligence
A noſtre vieux patron toute la manigance.
Son fils qui m'embaraſſe eſt vn éuaporé :
L'autre, diable, difant ce que i'ay declaré,
Gâre vne irruption fur nôtre friperie :
Au moins, auant qu'on puiſſe échaufer fa furie,
Quelque chofe de bon nous pourra fucceder,
Et les vieillards entre eux fe pourront accorder.
C'eſt ce qu'on va tenter; & de la part du noſtre,
Sans perdre vn feul moment, ie m'en vay trouuer l'autre.

SCENE II.

Mafcarille, Albert.

ALBERT.

Qui frape ?

MASCARILLE.

Amis.

ALBERT.

Ho ! ho ! qui te peut amener ?
Mafcarille.

MASCARILLE.

Ie viens, Monfieur, pour vous donner
Le bon iour.

ALBERT.

Ha ! vrayement, tu prends beaucoup de peine !
De tout mon cœur, bon iour.

MASCARILLE.

La replique eft foudaine.
Quel homme brufque !

ALBERT.

Encor ?

MASCARILLE.

Vous n'auez pas ouy,
Monfieur.

ALBERT.

Ne m'as-tu pas donné le bon iour ?

MASCARILLE.

Ouy.

ALBERT.

Hé bien, bon iour, te dy-ie.

MASCARILLE.

Ouy ; mais ie viens encore
Vous faluer au nom du Seigneur Polidore.

ALBERT.

Ha ! c'eft vn autre fait. Ton maiftre t'a chargé
De me falüer ?

MASCARILLE.

Ouy.

ALBERT.

Ie luy fuis obligé;
Va, que ie luy fouhaite vne ioye infinie.

MASCARILLE.

Cet homme eft ennemy de la ceremonie.
Ie n'ay pas acheué, Monfieur, fon compliment:
Il voudroit vous prier d'vne chofe inftamment.

ALBERT.

Hé bien! quand il voudra ie fuis à fon feruice.

MASCARILLE.

Attendez, & fouffrez qu'en deux mots ie finiffe.
Il fouhaite vn moment pour vous entretenir
D'vne affaire importante, & doit icy venir.

ALBERT.

Hé? quelle eft-elle encor l'affaire qui l'oblige
A me vouloir parler?

MASCARILLE.

          Vn grand fecret, vous dy-ic,
Qu'il vient de découurir en ce mefme moment,
Et qui, fans doute, importe à tous deux grandement.
Voila mon Ambaffade.

SCENE III.

Albert.

          O! Iufte Ciel, ie tremble!
Car enfin nous auons peu de commerce enfemble.
Quelque tempefte va renuerfer mes deffeins,

Et ce fecret fans doute eſt celuy que ie crains.
L'efpoir de l'intereſt m'a fait quelque infidele,
Et voila fur ma vie vne tache éternelle;
Ma fourbe eſt découuerte. O! que la verité
Se peut cacher long-temps auec difficulté!
Et qu'il euſt mieux valu, pour moy, pour mon eſtime,
Suiure les mouuements d'vne peur legitime,
Par qui ie me fuis veu tenté plus de vingt fois,
De rendre à Polidore vn bien que ie luy dois,
De preuenir l'éclat où ce coup cy m'expofe,
Et faire qu'en douceur paſſaſt toute la chofe.
Mais, helas! c'en eſt fait, il n'eſt plus de faifon,
Et ce bien par la fraude entré dans ma maifon
N'en fera point tiré, que dans cette fortie
Il n'entraiſne du mien la meilleure partie.

SCENE IV.

Albert, Polidore.

POLIDORE.

S'eſtre ainfi marié fans qu'on en ait ſçeu rien!
Puiſſe cette action fe terminer à bien:
Ie ne ſçay qu'en attendre, & ie crains fort du pere
Et la grande richeſſe, & la iuſte colere.
Mais ie l'apperçoy feul.

ALBERT.

Dieu, Polidore vient!

POLIDORE.

Ie tremble à l'aborder.

ALBERT.

La crainte me retient.

POLIDORE.

Par où luy débuter !

ALBERT.

Quel fera mon langage ?

POLIDORE.

Son ame eft toute emeuë.

ALBERT.

Il change de vifage.

POLIDORE.

Ie voy, Seigneur Albert, au trouble de vos yeux
Que vous fçauez defia qui m'ameine en ces lieux.

ALBERT.

Helas ! ouy.

POLIDORE.

La nouuelle a droit de vous furprendre,
Et ie n'euffe pas cru ce que ie viens d'apprendre.

ALBERT.

I'en doy rougir de honte, & de confufion.

POLIDORE.

Ie treuue condamnable vne telle action,
Et ie ne pretens point excufer le coupable.

ALBERT.

Dieu fait mifericorde au pecheur miferable.

POLIDORE.

C'eft ce qui doit par vous eftre confideré.

ALBERT.

Il faut eftre Chreftien.

POLIDORE.

Il eſt tres-aſſuré.

ALBERT.

Grace, au nom de Dieu, grace, ô Seigneur Polidore.

POLIDORE.

Eh! c'eſt moy qui de vous preſentement l'implore.

ALBERT.

Afin de l'obtenir ie me iette à genoux.

POLIDORE.

Ie dois en cét état eſtre plutoſt que vous.

ALBERT.

Prenez quelque pitié de ma triſte auanture.

POLIDORE.

Ie ſuis le ſuppliant dans vne telle iniure.

ALBERT.

Vous me fendez le cœur auec cette bonté.

POLIDORE.

Vous me rendez confus de tant d'humilité.

ALBERT.

Pardon, encore vn coup.

POLIDORE.

Helas! pardon vous meſme.

ALBERT.

I'ay de cette action vne douleur extréme.

POLIDORE.

Et moy, i'en ſuis touché de meſme au dernier poinct.

ALBERT.

I'oſe vous conuier qu'elle n'éclate point.

POLIDORE.

Helas, Seigneur Albert, ie ne veux autre chofe.

ALBERT.

Conferuons mon honneur.

POLIDORE.

Hé! ouy, ie m'y difpofe.

ALBERT.

Quant au bien qu'il faudra, vous mefme en refoudrez.

POLIDORE.

Ie ne veux de vos biens que ce que vous voudrez :
De tous ces interefts ie vous feray le maiftre,
Et ie fuis trop content fi vous le pouuez eftre.

ALBERT.

Ha! quel homme de Dieu! quel excez de douceur!

POLIDORE.

Quelle douceur, vous mefme, apres vn tel mal-heur!

ALBERT.

Que puiffiez vous auoir toutes chofes profperes.

POLIDORE.

Le bon Dieu vous maintienne.

ALBERT.

Embraffons nous en freres.

POLIDORE.

I'y confens de grand cœur, & me réjoüis fort
Que tout foit terminé par vn heureux accord.

ALBERT.

I'en rends graces au Ciel.

POLIDORE.

                    Il ne vous faut rien feindre,
Vôtre reſſentiment me donnoit lieu de craindre ;
Et Lucile tombée en faute auec mon fils,
Comme on vous voit puiſſant, & de biens, & d’amis...

ALBERT.

Heu ? que parlez vous là de faute, & de Lucile ?

POLIDORE.

Soit ; ne commençons point vn diſcours inutile :
Ie veux bien que mon fils y trempe grandement,
Meſme, ſi cela fait à voſtre allegement,
I’auoüeray qu’à luy ſeul en eſt toute la faute ;
Que voſtre fille auoit vne vertu trop haute,
Pour auoir iamais fait ce pas contre l’honneur,
Sans l’incitation d’vn méchant ſuborneur ;
Que le traiſtre a ſeduit ſa pudeur innocente,
Et de vôtre conduite ainſi deſtruit l’attente ;
Puis que la choſe eſt faite, & que ſelon mes veux,
Vn eſprit de douceur nous met d’accord tous deux,
Ne ramenteuons rien, & reparons l’oſſence
Par la ſolemnité d’vne heureuſe aliance.

ALBERT.

O ! Dieu, quelle mépriſe ! & qu’eſt-ce qu’il m’aprend !
Ie rentre icy d’un trouble en vn autre auſſi grand :
Dans ces diuers tranſports ie ne ſçay que répondre,
Et, ſi ie dis vn mot, i’ay peur de me confondre.

POLIDORE.

A quoy penſez-vous là, Seigneur Albert ?

ALBERT.

                                        A rien :

Remettons. ie vous prie, à tantoſt l'entretien :
Vn mal ſubit me prend qui veut que ie vous laiſſe.

SCENE V.

Polidore.

Ie lis dedans ſon ame, & voy ce qui le preſſe.
A quoy que ſa raiſon l'euſt deſia diſpoſé,
Son déplaiſir n'eſt pas encor tout apaiſé.
L'image de l'affront luy reuient, & ſa fuite
Taſche à me déguiſer le trouble qui l'agite.
Ie prens part à ſa honte, & ſon deüil m'attendrit.
Il faut qu'vn peu de temps remette ſon eſprit :
La douleur trop contrainte ayſement ſe redouble.
Voicy mon ieune foû d'où nous vient tout ce trouble.

SCENE VI.

Polidore, Valere.

POLIDORE.

Enfin. le beau mignon, vos bons déportemens
Troubleront les vieux iours d'vn pere à tous momens :
Tous les iours vous ferez de nouuelles merueilles ;
Et nous n'aurons iamais autre choſe aux oreilles.

VALERE.

Que fais-ie tous les iours qui ſoit ſi criminel ?
Enquoy meriter tant le courroux paternel ?

POLIDORE.

Ie fuis vn eſtrange homme, & d'vne humeur terrible,
D'accuſer vn enfant ſi ſage & ſi paiſible.
Las ! il vit comme vn ſaint, & dedans la maiſon
Du matin iuſqu'au ſoir il eſt en oraiſon.
Dire qu'il peruertit l'ordre de la nature,
Et fait du iour la nuit, ô ! la grande impoſture !
Qu'il n'a conſideré pere, ny parenté
En vingt occaſions, horrible fauſſeté !
Que, de fraiche memoire, un furtif hymenée
A la fille d'Albert a ioint ſa deſtinée,
Sans craindre de la ſuite vn deſordre puiſſant ;
On le prend pour vn autre, & le pauure innocent
Ne ſçait pas ſeulement ce que ie luy veux dire !
Ha ! chien, que i'ay receu du ciel pour mon martire,
Te croiras tu toûjours ? & ne pourray–ie pas
Te voir eſtre vne fois ſage auant mon trépas ?

VALERE *ſeul.*

D'où peut venir ce coup ? mon ame embaraſſée
Ne voit que Maſcarille où ietter ſa penſée :
Il ne ſera pas homme à m'en faire vn aueu ;
Il faut vſer d'adreſſe, & me contraindre vn peu
Dans ce iuſte courroux.

SCENE VII.

Maſcarille, Valere.

VALERE.

         Maſcarille, mon pere
Que ie viens de trouuer ſçait toute noſtre affaire.

MASCARILLE.

Il la fçait?

VALERE.

Ouy.

MASCARILLE.

D'où, diantre, a-t-il pù la fçauoir?

VALERE.

Ie ne fçay point fur qui ma coniecture affeoir ;
Mais enfin d'vn fuccez cette affaire eft fuiuie
Dont i'ay tous les fuiets d'auoir l'ame rauie.
Il ne m'en a pas dit vn mot qui fuft facheux ;
Il excufe ma faute, il approuue mes feux,
Et ie'voudrois fçauoir qui peut eftre capable
D'auoir pù rendre ainfi fon efprit fi traitable.
Ie ne puis t'exprimer l'aife que i'en reçoy.

MASCARILLE.

Et que me diriez-vous, monfieur, fi c'eftoit moy,
Qui vous euft procuré cette heureufe fortune ?

VALERE.

Bon, bon ; tu voudrois bien icy m'en donner d'vne.

MASCARILLE.

C'eft moy, vous dy-ie, moy, dont le patron le fçait,
Et qui vous ay produit ce fauorable effet.

VALERE.

Mais, là, fans te railler ?

MASCARILLE.

Que le diable m'emporte,
Si ie fais raillerie, & s'il n'eft de la forte.

VALERE.

Et qu'il m'entraine, moy, fi tout prefentement

Tu n'en vas receuoir le iufte payement.

MASCARILLE.

Ha! monfieur, qu'eft-ce cy? ie deffends la furprife.

VALERE.

C'eft la fidelité que tu m'auois promife?
Sans ma feinte iamais tu n'euffes auoüé
Le trait que i'ay bien creu que tu m'auois ioüé.
Traiftre, de qui la langue à caufer trop habile
D'vn pere contre moy vient d'efchaufer la bile,
Qui me pers tout à fait, il faut fans difcourir
Que tu meures.

MASCARILLE.

   Tout beau; mon ame, pour mourir,
N'eft pas en bon état. Daignez, ie vous coniure,
Attendre le fuccez qu'aura cette auanture.
I'ay de fortes raifons qui m'ont fait réuéler
Vn hymen que vous mefme auiez peine à celer;
C'eftoit vn coup d'état, & vous verrez l'iffuë
Condamner la fureur que vous auez conceuë.
Dequoy vous fâchez-vous? pouruen que vos fouhaits
Se trouuent par mes foins plainement fatisfaits,
Et voyent mettre à fin la contrainte où vous eftes?

VALERE.

Et fi tous ces difcours ne font que des fornetes?

MASCARILLE.

Toûjours ferez-vous lors à temps pour me tuer.
Mais enfin mes projets pourront s'effeftuer.
Dieu fera pour les fiens, & content dans la fuite
Vous me remercirez de ma rare conduite.

VALERE.

Nous verrons. Mais, Lucile...

MASCARILLE.

Alte; fon pere fort.

SCENE VIII.

Valere, Albert, Mafcarille.

ALBERT.

Plus ie reuiens du trouble où i'ay donné d'abord,
Plus ie me fens piqué de ce difcours eftrange,
Sur qui ma peur prenoit vn fi dangereux change;
Car Lucile foutient que c'eft vne chançon,
Et m'a parlé d'vn air à m'ofter tout foupçon.
Ha! monfieur, eft-ce vous, de qui l'audace infigne
Met en ieu mon honneur, & fait ce conte indigne?

MASCARILLE.

Seigneur Albert, prenez vn ton vn peu plus doux,
Et contre vôtre gendre ayez moins de courroux.

ALBERT.

Comment gendre, coquin? tu portes bien la mine
De pouffer les refforts d'vne telle machine,
Et d'en auoir efté le premier inuenteur.

MASCARILLE.

Ie ne vois icy rien à vous mettre en fureur.

ALBERT.

Trouue tu beau, dy-moy, de diffamer ma fille?
Et faire vn tel fcandale à toute vne famille?

MASCARILLE.

Le voila preft de faire en tout vos volontez.

ALBERT.

Que voudrois-ie, sinon qu'il dit des veritez?
Si quelque intention le pressoit pour Lucile,
La recherche en pouuoit estre honneste & ciuile,
Il falloit l'attaquer du costé du deuoir,
Il falloit de son pere implorer le pouuoir,
Et non pas recourir à cette lâche feinte,
Qui porte à la pudeur vne sensible atteinte.

MASCARILLE.

Quoy! Lucile n'est pas sous des liens secrets
A mon maistre?

ALBERT.

Non, traistre, & n'y fera iamais.

MASCARILLE.

Tout doux : &, s'il est vray que ce soit chose faite,
Voulez-vous l'aprouuer cette chaisne secrette?

ALBERT.

Et, s'il est constant, toy, que cela ne soit pas,
Veux-tu te voir casser les iambes & les bras?

VALERE.

Monsieur, il est aisé de vous faire paroistre
Qu'il dit vray.

ALBERT.

Bon, voila l'autre encor digne maistre
D'vn semblable valet. O! les menteurs hardis!

MASCARILLE.

D'homme d'honneur, il est ainsi que ie le dis.

VALERE.

Quel feroit nôtre but de vous en faire acroire?

ALBERT.

Ils s'entendent tous deux comme larrons en foire.

MASCARILLE.

Mais venons à la preuue, & sans nous quereller :
Faites sortir Lucile & la laissez parler.

ALBERT.

Et si le dementy par elle vous en reste ?

MASCARILLE.

Elle n'en fera rien, monsieur, ie vous proteste.
Promettez à leurs veux vôtre consentement,
Et ie veux m'exposer au plus dur châtiment,
Si de sa propre bouche elle ne vous confesse,
Et la foy qui l'engage, & l'ardeur qui la presse.

ALBERT.

Il faut voir cette affaire.

MASCARILLE.

Allez; tout ira bien.

ALBERT.

Hola, Lucile, vn mot.

VALERE.

Ie crains...

MASCARILLE.

Ne craignez rien.

SCENE IX.

Valere, Albert, Mafcarille, Lucile.

MASCARILLE.

Seigneur Albert, au moins, filence. Enfin, Madame,
Toute chofe confpire au bon-heur de vôtre ame,
Et monfieur voftre pere auerty de vos feux
Vous laiffe vôtre Epoux, & confirme vos veux;
Pourueu que banniffant toutes craintes friuoles,
Deux mots de vôtre aucu confirment nos paroles.

LVCILE.

Que me vient donc conter ce coquin affuré?

MASCARILLE.

Bon, me voila déja d'vn beau titre honoré.

LVCILE.

Sçachons vn peu, Monfieur, quelle belle faillie
Fait ce conte galand qu'auiourd'huy l'on publie.

VALERE.

Pardon, charmant objet, vn valet a parlé,
Et i'ay veu malgré moy nôtre hymen reuclé.

LVCILE.

Noftre hymen?

VALERE.

      On fçait tout, adorable Lucile,
Et vouloir déguifer eft vn foin inutile.

LVCILE.

Quoy! l'ardeur de mes feux vous a fait mon Epoux?

VALERE.

C'eſt vn bien qui me doit faire mille ialoux;
Mais i'impute bien moins ce bon-heur de ma flame
A l'ardeur de vos feux, qu'aux bontez de vôtre ame.
Ie ſçay que vous auez ſujet de vous fâcher;
Que c'eſtoit vn ſecret que vous vouliez cacher,
Et i'ay de mes tranſports forcé la violence,
A ne point violer voſtre expreſſe deffence :
Mais...

MASCARILLE.

Et bien, ouy, c'eſt moy; le grand mal que voila!

LVCILE.

Eſt-il vne impoſture égale à celle-là ?
Vous l'oſez ſoutenir en ma preſence meſme
Et penſez m'obtenir par ce beau ſtratageme.
O! le plaiſant amant! dont la galante ardeur
Veut bleſſer mon honneur au défaut de mon cœur.
Et que mon pere ému de l'éclat d'vn ſot conte,
Paye auec mon hymen qui me couure de honte.
Quand tout contribueroit à vôtre paſſion,
Mon pere, les deſtins. mon inclination,
On me verroit combattre en ma iuſte colere
Mon inclination, les deſtins, & mon pere;
Perdre meſme le iour auant que de m'vnir
A qui par ce moyen auroit creu m'obtenir
Allez; & ſi mon ſexe, auecque bien-ſeance.
Se pouuoit emporter à quelque violence,
Ie vous apprendrois bien à me traiter ainſi.

VALERE.

C'en eſt fait ſon courroux ne peut eſtre adoucy.

MASCARILLE.

Laiſſez-moy luy parler. Eh! Madame, de grace,
A quoy bon maintenant toute cette grimace?
Quelle eſt voſtre penſée? & quel bouru tranſport
Contre vos propres veux vous fait roidir ſi fort?
Si monſieur voſtre pere eſtoit homme farouche,
Paſſe : mais il permet que la raiſon le touche,
Et luy meſme m'a dit qu'vne confeſſion
Vous va tout obtenir de ſon affection.
Vous ſentez, ie croy bien, quelque petite honte
A faire vn libre aueu de l'amour qui vous dompte :
Mais s'il vous a fait perdre vn peu de liberté,
Par vn bon mariage on voit tout raiuſté;
Et, quoy que l'on reproche au feu qui vous confomme,
Le mal n'eſt pas ſi grand que de tuer vn homme.
On ſçait que la chair eſt fragile quelque-fois,
Et qu'vne fille enfin n'eſt ny caillou ny bois.
Vous n'auez pas eſté ſans doute la premiere,
Et vous ne ſerez pas, que ie croy, la derniere.

LVCILE.

Quoy! vous pouuez ouir ces diſcours effrontez!
Et vous ne dites mot à ces indignitez!

ALBERT.

Que veux-tu que ie die? vne telle auanture
Me met tout hors de moy.

MASCARILLE.

　　　　　　Madame, ie vous iure,
Que deſia vous deuriez auoir tout confeſſé.

LVCILE.

Et quoy donc confeſſer?

MASCARILLE.

Quoy? ce qui s'eſt paſſé
Entre mon maiſtre & vous; la belle raillerie!

LVCILE.

Et que s'eſt-il paſſé, monſtre d'effronterie.
Entre ton maiſtre & moy?

MASCARILLE.

Vous deuez, que ie croy,
En ſçauoir vn peu plus de nouuelles que moy,
Et pour vous cette nuit fut trop douce, pour croire
Que vous puiſſiez ſi viſte en perdre la memoire.

LVCILE.

C'eſt trop ſouffrir, mon pere, vn impudent valet.

SCENE X.

Valere, Maſcarille, Albert.

MASCARILLE.

Ie croy qu'elle me vient de donner un ſoufflet.

ALBERT.

Va, coquin, ſcelerat, ſa main vient ſur ta iouë
De faire vne action dont ſon pere la loüe.

MASCARILLE.

Et, nonobſtant cela, qu'vn diable en cét inſtant
M'emporte, ſi i'ay dit rien que de tres-conſtant.

ALBERT.

Et nonobſtant cela qu'on me coupe vne oreille,
Si tu porte, fort loin vne audace pareille.

MASCARILLE.

Voulez-vous deux témoins qui me iuftifieront?

ALBERT.

Veux-tu deux de mes gens qui te baftonneront?

MASCARILLE.

Leur rapport doit au mien donner toute creance.

ALBERT.

Leurs bras peuuent du mien reparer l'impuiffance.

MASCARILLE.

Ie vous dis que Lucile agit par honte ainfi.

ALBERT.

Ie te dis que i'auray raifon de tout cecy.

MASCARILLE.

Connoiffez-vous Ormin ce gros Notaire habile?

ALBERT.

Connois-tu bien Grimpant le bourreau de la ville?

MASCARILLE.

Et Simon le Tailleur iadis fi recherché?

ALBERT.

Et la potence mife au milieu du marché?

MASCARILLE.

Vous verrez confirmer par eux cet hymenée.

ALBERT.

Tu verras acheuer par eux ta deftinée.

MASCARILLE.

Ce font eux qu'ils ont pris pour témoins de leur foy.

ALBERT.

Ce font eux qui dans peu me vangeront de toy.

MASCARILLE.

Et ces yeux les ont veu s'entredonner parole.

ALBERT.

Et ces yeux te verront faire la capriole.

MASCARILLE.

Et, pour figne, Lucile auoit vn voile noir.

ALBERT.

Et, pour figne, ton front nous le fait affez voir.

MASCARILLE.

O! l'obftiné vieillard!

ALBERT.

O! le fourbe damnable!
Va, rend grace à mes ans qui me font incapable
De punir fur le champ l'affront que tu me fais;
Tu n'en pers que l'attente, & ie te le promets.

SCENE XI.

Valere, Mafcarille.

VALERE.

He bien! ce beau fuccez que tu deuois produire...

MASCARILLE.

I'entens à demy mot ce que vous voulez dire :
Tout s'arme contre moy; pour moy de tous coftez
Ie voy coups de bafton, & gibets appreftez :
Auffi, pour eftre en paix dans ce defordre extreme,
Ie me vais d'vn rocher precipiter moy-mefme.

Si, dans le defefpoir dont mon cœur eft outré,
Ie puis en rencontrer d'affez haut à mon gré.
Adieu, monfieur.

VALERE.

Non, non; ta fuite eft fuperfluë :
Si tu meurs, ie pretends que ce foit à ma veuë.

MASCARILLE.

Ie ne fçaurois mourir quand ie fuis regardé,
Et mon trefpas ainfi fe verroit retardé.

VALERE.

Suy-moy, traitre, fuy-moy; mon amour en furie
Te fera voir fi c'eft matiere à raillerie.

MASCARILLE.

Mal-heureux Mafcarille! à quels maux aujourd'huy
Te vois-tu condamné pour le peché d'autray!

Fin du troifiéme Acte.

ACTE IV.

SCENE PREMIERE.

Ascagne, Frosine.

FROSINE.

'AVANTURE est facheuse.

ASCAGNE.

Ah! ma chere Frosine,
Le sort absolument a conclu ma ruine :
Cette affaire venuë au point où la voila
N'est pas assurément pour en demeurer là ;
Il faut qu'elle passe outre ; & Lucile, & Valere,
Surpris des nouueautez d'vn semblable mistere
Voudront chercher vn iour dans ces obscuritez,
Par qui tous mes proiets se verront auortez.
Car, enfin, soit qu'Albert ait part au stratageme,
Ou qu'auec tout le monde on l'ait trompé luy-même ;
S'il arriue vne fois que mon sort éclaircy
Mette ailleurs tout le bien dont le sien a grossi,
Iugez s'il aura lieu de souffrir ma presence :
Son interest détruit me laisse à ma naissance ;
C'est fait de sa tendresse, &, quelque sentiment
Où pour ma fourbe alors put estre mon amant,
Voudra-t'il auoüer pour espouse vne fille
Qu'il verra sans apuy de biens & de famille ?

FROSINE.

Ie trouue que c'eſt là raiſonné comme il faut :
Mais ces reflexions deuoient venir plutoſt.
Qui vous a iuſqu'icy caché cette lumiere ?
Il ne falloit pas eſtre vne grande ſorciere,
Pour voir, dés le moment de vos deſſeins pour luy,
Tout ce que vôtre eſprit ne voit que d'auiourd'huy.
L'action le diſoit; & dés que ie l'ay ſçeuë,
Ie n'en ay preueu guere vne meilleure iſſuë.

ASCAGNE.

Que doiſ-ie faire enfin ? mon trouble eſt ſans pareil :
Mettez-vous en ma place, & me donnez conſeil.

FROSINE.

Ce doit eſtre à vous meſme, en prenant voſtre place,
A me donner conſeil deſſus cette diſgrace :
Ça, ie ſuis maintenant vous, & vous eſtes moy;
Conſeillez-moy, Froſine, au poinct où ie me voy.
Quel remede treuuer ? dites, ie vous en prie.

ASCAGNE.

Helas ! ne traitez point cecy de raillerie;
C'eſt prendre peu de part à mes cuiſans ennuis,
Que de rire, & de voir les termes où i'en ſuis.

FROSINE.

Non vrayement, tout de bon; vôtre ennuy m'eſt ſenſible,
Et pour vous en tirer ie ferois mon poſſible.
Mais, que puiſ-ie apres tout ? ie voy fort peu de iour
A tourner cette affaire au gré de vôtre amour.

ASCAGNE.

Si rien ne peut m'äider, il faut donc que ie meure.

FROSINE.

Ha! pour cela touſiours il eſt aſſez bonne heure;
La mort eſt vn remede à trouuer quand on veut,
Et l'on s'en doit feruir le plus tard que l'on peut.

ASCAGNE.

Non, non, Froſine. non; ſi vos conſeils propices
Ne conduiſent mon fort parmy ces precipices,
Ie m'abandonne toute aux traits du defeſpoir.

FROSINE.

Sçauez-vous ma penſée? il faut que i'aille voir
La... mais Eraſte vient qui pourroit nous diſtraire,
Nous pourrons en marchant parler de cette affaire;
Allons, retirons-nous.

SCENE II.

Eraſte, Gros-René.

ERASTE.

Encore rebuté?

GROS-RENÉ.

Iamais Ambaſſadeur ne fut moins écouté :
A peine ay-ie voulu luy porter la nouuelle
Du moment d'entretien que vous ſouhaitiez d'elle.
Qu'elle m'a répondu tenant ſon quant-à-moy,
Va, va; ie fais état de luy, comme de toy :
Dy-luy qu'il ſe promeine; & ſur ce beau langage,
Pour ſuiure ſon chemin m'a tourné le viſage :
Et Marinette auſſi, d'vn dédaigneux muſeau,

Lâchant vn, laiſſe-nous, beau valet de carreau,
M'a planté là comme elle, & mon ſort & le voſtre
N'ont rien à ſe pouuoir reprocher l'vn à l'autre.

ERASTE.

L'ingrate! receuoir auec tant de fierté
Le prompt retour d'vn cœur iuſtement emporté!
Quoy! le premier tranſport d'vn amour qu'on abuſe
Sous tant de vray-ſemblance eſt indigne d'excuſe?
Et ma plus viue ardeur en ce moment fatal
Deuoit eſtre inſenſible au bon-heur d'vn riual?
Tout autre n'euſt pas fait meſme choſe en ma place?
Et ſe fut moins laiſſé ſurprendre à tant d'audace?
De mes iuſtes ſoupçons ſuiſ-ie ſorty trop tard?
Ie n'ay point attendu de ſermens de ſa part;
Et, lors que tout le monde encor ne ſçait qu'en croire,
Ce cœur impatient luy rend toute ſa gloire,
Il cherche à s'excuſer, & le ſien voit ſi peu
Dans ce profond reſpect la grandeur de mon feu?
Loin d'aſſurer vne ame, & luy fournir des armes,
Contre ce qu'vn riual luy veut donner d'alarmes,
L'ingrate m'abandonne à mon ialoux tranſport,
Et reiette de moy, meſſage, écrit, abord?
Ha! ſans doute, vn amour a peu de violence,
Qu'eſt capable d'eteindre vne ſi foible offence,
Et ce dépit ſi prompt à s'armer de rigueur
Deſcouure aſſez pour moy tout le fond de ſon cœur,
Et de quel prix doit eſtre à preſent à mon ame
Tout ce dont ſon caprice a pû flater ma flame.
Non ie ne pretens plus demeurer engagé
Pour vn cœur, où ie voy le peu de part que i'ay;
Et, puis que l'on témoigne vne froideur extréme
A conſeruer les gens, ie veux faire de meſme.

GROS-RENÉ.

Et moy de mefme auffi : foyons tous deux fâchez.
Et mettons noftre amour au rang des vieux pechez :
Il faut apprendre à viure à ce fexe volage,
Et luy faire fentir que l'on a du courage.
Qui fouffre fes mefpris les veut bien receuoir.
Si nous auions l'efprit de nous faire valoir,
Les femmes n'auroient pas la parole fi haute.
O ! qu'elles nous font bien fieres par noftre faute !
Ie veux eftre pendu, fi nous ne les verrions
Sauter à noftre coû plus que nous ne voudrions,
Sans tous ces vils deuoirs, dont la plufpart des hommes
Les gâtent tous les iours dans le fiecle où nous fommes.

ERASTE.

Pour moy, fur toute chofe, vn mépris me furprend :
Et, pour punir le fien par vn autre auffi grand,
Ie veux mettre en mon cœur vne nouuelle flame.

GROS-RENÉ.

Et moy, ie ne veux plus m'embaraffer de femme ;
A toutes ie renonce, & crois, en bonne foy,
Que vous feriez fort bien de faire comme moy.
Car, voyez-vous ? la femme eft, comme on dit, mon maiftre,
Vn certain animal difficile à connoiftre,
Et de qui la nature eft fort encline au mal :
Et comme vn animal eft toufiours animal,
Et ne fera iamais qu'animal, quand fa vie
Dureroit cent mil ans ; auffi, fans repartie,
La femme eft toufiours femme, & iamais ne fera
Que femme, tant qu'entier le monde durera.
D'où vient qu'vn certain Grec dit, que fa tefte paffe
Pour vn fable mouuant : car, goutez bien, de grace,

Ce raifonnement-cy, lequel eft des plus forts :
Ainfi que la tefte eft comme le chef du corps,
Et que le corps fans chef eft pire qu'vne befte ;
Si le chef n'eft pas bien d'accord auec la tefte,
Que tout ne foit pas bien reglé par le compas,
Nous voyons arriuer de certains embarras ;
La partie brutale alors veut prendre empire
Deffus la fenfitiue, & l'on voit que l'vn tire
A dia, l'autre à hurhaut ; l'vn demande du moû,
L'autre du dur ; enfin tout va fans fçauoir où :
Pour montrer qu'icy bas, ainfi qu'on l'interprete,
La tefte d'vne femme eft comme la giroüette
Au haut d'vne maifon, qui tourne au premier vent.
C'eft pourquoy, le coufin Ariftote fouuent
La compare à la mer ; d'où vient qu'on dit qu'au monde
On ne peut rien trouuer de fi ftable que l'onde.
Or, par comparaifon ; car la comparaifon
Nous fait diftinctement comprendre vne raifon ;
Et nous aymons bien mieux, nous autres gens d'étude,
Vne comparaifon qu'vne fimilitude.
Par comparaifon donc, mon maiftre, s'il vous plaift,
Comme on voit que la mer, quand l'orage s'accroift,
Vient à fe courroucer, le vent foufle, & rauage,
Les flots contre les flots font vn remu-menage
Horrible, & le vaiffeau, malgré le Nautonier,
Va tantoft à la caue, & tantoft au grenier ;
Ainfi, quand vne femme a fa tefte fantafque,
On voit vne tempefte en forme de bourafque,
Qui veut competiter par de certains... propos ;
Et lors vn... certain vent, qui par... de certains flots
De... certaine façon, ainfi qu'vn banc de fable...
Quand... les femmes enfin ne valent pas le diable.

ERASTE.

C'eſt fort bien raiſonner.

GROS-RENÉ.

Aſſez bien. Dieu mercy :
Mais ie les voy. monſieur. qui paſſent par icy.
Tenez-vous ferme au moins.

ERASTE.

Ne te mets pas en peine.

GROS-RENÉ,

I'ay bien peur que ſes yeux reſſerrent voſtre chaiſne.

SCENE III.

Eraſte, Lucile, Marinette, Gros-René.

MARINETTE.

Ie l'aperçois encor ; mais ne vous rendez point.

LVCILE.

Ne me ſoupçonne pas d'eſtre foible à ce poinct.

MARINETTE.

Il vient à nous.

ERASTE.

Non, non ; ne croyez pas, Madame,
Que ie reuienne encor vous parler de ma flame ;
C'en eſt fait ; ie me veux guerir, & connois bien
Ce que de vôtre cœur a poſſedé le mien.
Vn courroux ſi conſtant pour l'ombre d'vne offence
M'a trop bien éclairé de voſtre indifference,
Et ie dois vous monſtrer que les traits du mépris

Sont sensibles sur tout aux genereux esprits.
Ie l'auoüeray, mes yeux obseruoient dans les voftres
Des charmes qu'ils n'ont point trouuez dans tous les autres
Et le rauiffement où i'eftois de mes fers
Les auroit preferez à des fceptres offerts :
Ouy, mon amour pour vous, fans doute, eftoit extreme,
Ie viuois tout en vous; &, ie l'auoüeray mefme,
Peut-eftre qu'apres tout i'auray, quoy qu'outragé,
Affez de peine encore à m'en voir dégagé :
Poffible, que malgré la cure qu'elle effaye,
Mon ame faignera long-temps de cette playe,
Et qu'affranchy d'vn ioug qui faifoit tout mon bien,
Il faudra fe refoudre à n'aymer iamais rien.
Mais, enfin, il n'importe; & puis que voftre haine
Chaffe vn cœur tant de fois que l'amour vous rameine,
C'eft la derniere icy des importunitez
Que vous aurez iamais de mes vœux rebutez.

LVCILE.

Vous pouuez faire aux miens la grace toute entiere,
Monfieur, & m'épargner encor cette derniere.

ERASTE.

Hé bien, Madame, hé bien, ils feront fatisfaits :
Ie romps auecque vous, & i'y romps pour iamais,
Puifque vous le voulez; que ie perde la vie
Lors que de vous parler ie reprendray l'enuie.

LVCILE.

Tant mieux c'eft m'obliger.

ERASTE.

    Non, non; n'ayez pas peur,
Que ie fauffe parole, euffay-ie vn foible cœur
Iufques à n'en pouuoir effacer vôtre image,

Croyez que vous n'aurez iamais cet auantage,
De me voir reuenir.

LVCILE.

Ce feroit bien en vain.

ERASTE.

Moy mefme, de cent coups ie percerois mon fein,
Si i'auois iamais fait cette baffeffe infigne,
De vous reuoir, apres ce traitement indigne.

LVCILE.

Soit; n'en parlons donc plus.

ERASTE.

                    Ouy, ouy; n'en parlons plus;
Et, pour trancher icy tous propos fuperflus.
Et vous donner, ingrate, vne preuue certaine.
Que ie veux fans retour fortir de vôtre chaifne.
Ie ne veux rien garder, qui puiffe retracer
Ce que de mon efprit il me faut effacer.
Voicy voftre portrait, il prefente à la veuë
Cent charmes merueilleux dont vous eftes pourueuë.
Mais il cache fous eux cent deffauts auffi grans,
Et c'eft vn impofteur enfin que ie vous rens.

GROS-RENÉ.

Bon.

LVCILE.

Et moy, pour vous fuiure au deffein de tout rendre.
Voila le diamant que vous m'auiez fait prendre.

MARINETTE.

Fort bien.

ERASTE.

Il eft à vous encor ce bracelet.

LVCILE.

Et cette Agathe à vous qu'on fit mettre en cachet.

ERASTE lit.

Vous m'aymez d'vne amour extreme,
Erafte ; & de mon cœur voulez eftre éclaircy :
　　Si ie n'ayme Erafte de mefme,
Au moins, aimay-ie fort qu'Erafte m'ayme ainfi.

LVCILE.

ERASTE continue.

Vous m'affeuriez par là d'agréer mon feruice ?
C'eft vne fauffeté digne de ce fupplice.

LVCILE lit.

I'ignore le deftin de mon amour ardente.
　　Et iufqu'à quand ie foufriray :
　　Mais ie fçays, ô beauté charmante,
　　Que toujours ie vous aymeray.

ERASTE.

Elle continüe.

Voila qui m'affeuroit à iamais de vos feux ?
Et la main, & la lettre, ont menty toutes deux.

GROS-RENÉ.

Pouffez.

ERASTE.

Elle eft de vous ? fuffit ; mefme fortune.

MARINETTE.

Ferme.

LVCILE.

I'aurois regret d'en épargner aucune.

GROS-RENÉ.

N'ayez pas le dernier.

MARINETTE.

Tenez-bon iufqu'au bout.

LVCILE.

Enfin, voila le refte.

ERASTE.

Et, grace au Ciel, c'eft tout.
Que foif-ie exterminé, fi ie ne tiens parole.

LVCILE.

Me confonde le Ciel, fi la mienne eft friuole.

ERASTE.

Adieu donc.

LVCILE.

Adieu donc.

MARINETTE.

Voilà qui va des mieux.

GROS-RENÉ.

Vous triomphez.

MARINETTE.

Allons, oftez-vous de fes yeux.

GROS-RENÉ.

Retirez-vous, apres cet effort de courage.

MARINETTE.

Qu'attendez-vous encor ?

GROS-RENÉ.

Que faut-il dauantage ?

ERASTE.

Ha! Lucile, Lucile, vn cœur comme le mien
Se fera regreter, & ie le fçay fort bien.

LVCILE.

Erafte, Erafte, vn cœur fait comme eft fait le vôtre
Se peut facilement reparer par vn autre.

ERASTE.

Non, non, cherchez par tout, vous n'en aurez iamais
De fi paffioné pour vous, ie vous promets.
Ie ne dis pas cela pour vous rendre attendrie ;
I'aurois tort d'en former encore quelque enuie,
Mes plus ardens refpeéts n'ont pû vous obliger,
Vous auez voulu rompre ; il n'y faut plus fonger :
Mais perfonne apres moy, quoy qu'on vous faffe entendre,
N'aura iamais pour vous de paffion fi tendre.

LVCILE.

Quand on ayme les gens, on les traite autrement ;
On fait de leur perfonne vn meilleur iugement.

ERASTE.

Quand on ayme les gens, on peut de ialoufie,
Sur beaucoup d'apparence, auoir l'ame faifie :
Mais alors qu'on les ayme, on ne peut en effet
Se refoudre à les perdre, & vous vous l'auez fait.

LVCILE.

La pure ialoufie eft plus refpeétueufe.

ERASTE.

On voit d'vn œil plus doux vne offence amoureufe.

LVCILE.

Non vôtre cœur, Erafte, eftoit mal enflammé.

ERASTE.

Non, Lucile, iamais vous ne m'auez aymé.

LVCILE.

Eh ! ie croy que cela foiblement vous foucie :

Peut-eftre en feroit-il beaucoup mieux pour ma vie.
Si ie... mais laiffons-là ces difcours fuperflus :
Ie ne dis point quels font mes penfers là deffus.

ERASTE.

Pourquoy ?

LVCILE.

   Par la raifon que nous rompons enfemble,
Et que cela n'eft plus de faifon ce me femble.

ERASTE.

Nous rompons ?

LVCILE.

  Ouy vrayement ? quoy ? n'en eft-ce pas fait ?

ERASTE.

Et vous voyez cela d'vn efprit fatisfait ?

LVCILE.

Comme vous.

ERASTE.

  Comme moy !

LVCILE.

    Sans doute c'eft foibleffe,
De faire voir aux gens que leur perte nous bleffe.

ERASTE.

Mais, cruelle, c'eft vous qui l'auez bien voulu.

LVCILE.

Moy ! point du tout ; c'eft vous qui l'auez refolu.

ERASTE.

Moy ! ie vous ay creu là faire vn plaifir extreme.

LVCILE.

Point, vous auez voulu vous contenter vous mefme.

I.   13

ERASTE.

Mais, fi mon cœur encor reuouloit fa prifon ?
Si, tout fâché qu'il eft, il demandoit pardon ?...

LVCILE.

Non, non, n'en faites rien, ma foibleffe eft trop grande,
I'aurois peur d'accorder trop toft vôftre demande.

ERASTE.

Ha ! vous ne pouuez pas trop toft me l'accorder,
Ny moy fur cette peur trop toft le demander ;
Confentez-y, madame, vne flame fi belle,
Doit pour voftre intereft demeurer immortelle.
Ie le demande enfin : me l'accorderez-vous,
Ce pardon obligeant ?

LVCILE.

Remenez-moy chez nous.

SCENE IV.

Marinette, Gros-René.

MARINETTE.

O ! La lâche perfonne !

GROS-RENÉ.

Ha ! le foible courage !

MARINETTE.

I'en rougis de dépit.

GROS-RENÉ.

I'en fuis gonflé de rage :
Ne t'imagine pas que ie me rende ainfi.

MARINETTE.

Et ne penſe pas, toy, trouuer ta dupe auſſi.

GROS-RENÉ.

Vien, vien, froter ton nez aupres de ma colere.

MARINETTE.

Tu nous prens pour vn autre; & tu n'as pas affaire
A ma ſotte maiſtreſſe. Ardez le beau muſeau !
Pour nous donner enuie encore de ſa peau :
Moy, i'aurois de l'amour pour ta chienne de face !
Moy, ie te chercherois ! ma foy, l'on t'en fricaſſe
Des filles comme nous.

GROS-RENÉ.

   Ouy ? tu le prens par là ?
Tien, tien, ſans y chercher tant de façons, voila
Ton beau galand de neige, auec ta nompareille :
Il n'aura plus l'honneur d'être ſur mon oreille.

MARINETTE.

Et toy, pour te monſtrer que tu m'es à mépris,
Voila ton demy-cent d'épingles de Paris,
Que tu me donnas hier auec tant de fanfarre.

GROS-RENÉ.

Tiens encor ton coûteau; la piece eſt riche & rare :
Il te coûta ſix blancs lors que tu m'en fis don.

MARINETTE.

Tien tes ciſeaux. auec ta chaiſne de leton.

GROS-RENÉ.

I'oubliois d'auant-hier ton morceau de fromage ;
Tien : ie voudrois pouuoir reietter le potage
Que tu me fis manger, pour n'auoir rien à toy.

MARINETTE.

Ie n'ay point maintenant de tes lettres fur moy;
Mais i'en feray du feu iufques à la derniere.

GROS-RENÉ.

Et des tiennes tu fçais ce que i'en fçauray faire ?

MARINETTE.

Prend garde à ne venir iamais me reprier.

GROS-RENÉ.

Pour couper tout chemin à nous rapatrier,
Il faut rompre la paille; vne paille rompuë
Rend, entre gens d'honneur, vne affaire concluë;
Ne fay point les doux yeux; ie veux eftre fâché.

MARINETTE.

Ne me lorgne point, toy; i'ai l'efprit trop touché.

GROS-RENÉ.

Romps; voila le moyen de ne s'en plus dédire :
Romps; tu ris, bonne befte!

MARINETTE.

          Ouy, car tu me fais rire.

GROS-RENÉ.

La pefte foit ton ris; voila tout mon courroux
Déja dulcifié : qu'en dis-tu ? romprons nous ?
Ou ne romprons nous pas ?

MARINETTE.

          Voy.

GROS-RENÉ.

          Voy toy.

MARINETTE.

          Voy toy-mefme.

GROS-RENÉ.

Est-ce que tu consens que iamais ie ne t'ayme?

MARINETTE.

Moy? ce que tu voudras.

GROS-RENÉ.

Ce que tu voudras, toy.
Dy…

MARINETTE.

Ie ne diray rien.

GROS-RENÉ.

Ny moy non plus.

MARINETTE.

Ny moy.

GROS-RENÉ.

Ma foy, nous ferons mieux de quitter la grimace;
Touche, ie te pardonne.

MARINETTE.

Et moy ie te fais grace.

GROS-RENÉ.

Mon Dieu! qu'à tes appas ie suis acoquiné!

MARINETTE.

Que Marinette est sotte apres son Gros-René!

Fin du quatriéme Acte.

ACTE V.

SCENE PREMIERE.

MASCARILLE.

D ez que l'obſcurité regnera dans la ville,
Ie me veux introduire au logis de Lucile :
Va viſte de ce pas preparer pour tantoſt,
Et la lanterne ſourde, & les armes qu'il faut.
Quand il m'a dit ces mots, il m'a ſemblé d'entendre,
Va viſtement chercher vn licou pour te pendre.
Venez–ça, mon patron ; car, dans l'étonnement
Où m'a ietté d'abord vn tel commandement,
Ie n'ay pas eu le temps de vous pouuoir répondre ;
Mais ie vous veux icy parler, & vous confondre :
Deffendez–vous donc bien, & raiſonnons ſans bruit.
Vous voulez, dites-vous, aller voir cette nuit
Lucile ? Ouy, Maſcarille. Et que penſez-vous faire ?
Vne action d'amant qui ſe veut ſatisfaire,
Vne action d'vn homme à fort petit cerueau,
Que d'aller ſans beſoin riſquer ainſi ſa peau.
Mais tu ſçais quel motif à ce deſſein m'apelle :
Lucile eſt irritée. Et bien, tant pis pour elle.
Mais l'amour veut que i'aille appaiſer ſon eſprit.

Mais l'amour eſt vn fot qui ne ſçait ce qu'il dit :
Nous garantira-t'il cet amour, ie vous prie,
D'vn riual, ou d'vn pere, ou d'vn frere en furie ?
Penſes tu qu'aucun d'eux ſonge à nous faire mal ?
Ouy vrayement, ie le penſe ; & ſur tout, ce riual.
Maſcarille, en tout cas, l'eſpoir où ie me fonde,
Nous irons bien armez, & ſi quelqu'vn nous gronde,
Nous nous chamaillerons. Ouy ; voila iuſtement
Ce que voſtre valet ne pretend nullement :
Moy chamailler ! bon Dieu ! ſuis-ie vn Roland ? mon Maiſtre.
Ou quelque Ferragù ? c'eſt fort mal me connoiſtre ;
Quand ie viens à ſonger, moy qui me ſuis ſi cher,
Qu'il ne faut que deux doits d'vn miſerable fer
Dans le corps, pour vous mettre vn humain dans la bierre.
Ie ſuis ſcandaliſé d'vne étrange maniere.
Mais tu ſeras armé de pied-en-cap. Tant pis :
I'en feray moins leger à gagner le taillis :
Et de plus, il n'eſt point d'armure ſi bien iointe,
Où ne puiſſe gliſſer vne vilaine pointe.
Oh ! tu ſeras ainſi tenu pour vn poltron.
Soit : pourueu que touſiours ie branle le menton :
A table contez-moy, ſi vous voulez, pour quatre ;
Mais contez-moy pour rien, s'il s'agit de ſe batre :
Enfin, ſi l'autre monde a des charmes pour vous.
Pour moy, ie trouue l'air de celuy-cy fort doux :
Ie n'ay pas grande faim de mort ny de bleſſure,
Et vous ferez le fot tout ſeul, ie vous aſſeure.

SCENE II.

Valere, Mafcarille.

VALERE.

Ie n'ay iamais trouué de iour plus ennuyeux :
Le foleil femble s'eftre oublié dans les Cieux,
Et iufqu'au lit qui doit receuoir fa lumiere,
Ie voy refter encore vne telle carriere,
Que ie croy que iamais il ne l'acheuera,
Et que de fa lenteur mon ame enragera.

MASCARILLE.

Et cet empreffement pour s'en aller dans l'ombre,
Pefcher vifte à taftons quelque finiftre encombre...
Vous voyez que Lucile entiere en fes rebuts...

VALERE.

Ne me fay point icy de contes fuperflus.
Quand i'y deurois trouuer cent embûches mortelles,
Ie fens de fon couroux des gefnes trop cruelles ;
Et ie veux l'adoucir, ou terminer mon fort.
C'eft vn poinct refolu.

MASCARILLE.

      I'approuue ce tranfport :
Mais le mal eft, Monfieur, qu'il faudra s'introduire
En cachette.

VALERE.

    Fort bien.

MASCARILLE.

      Et i'ay peur de vous nuire.

VALERE.

Et comment ?

MASCARILLE.

    Vne toux me tourmente à mourir,
Dont le bruit importun vous fera defcouurir :
De moment en moment... Vous voyez le fupplice.

VALERE.

Ce mal te paffera, pren du ius de reglice.

MASCARILLE.

Ie ne croy pas, Monfieur, qu'il fe veüille paffer.
Ie ferois rauy moy de ne vous point laiffer ;
Mais i'aurois vn regret mortel, fi i'eftois caufe
Qu'il fut à mon cher maiftre arriué quelque chofe.

SCENE III.

Valere, La Rapiere, Mafcarille.

LA RAPIERE.

Monfieur, de bonne part ie viens d'être informé,
Qu'Erafte eft contre vous fortement animé ;
Et qu'Albert parle auffi de faire pour fa fille
Roüer iambes & bras à voftre Mafcarille.

MASCARILLE.

Moy, ie ne fuis pour rien dans tout cét embarras.
Qu'ay-ie fait ? pour me voir roüer iambes & bras ?
Suif-ie donc gardien, pour employer ce ftile,
De la Virginité des filles de la ville ?
Sur la tentation ay-ie quelque credit ?
Et puif-ie mais, chetif, fi le cœur leur en dit ?

VALERE.

O ! qu'ils ne feront pas fi mefchans qu'ils le difent !
Et quelque belle ardeur que fes feux luy produifent,
Erafte n'aura pas fi bon marché de nous.

LA RAPIERE.

S'il vous faifoit befoin, mon bras eft tout à vous.
Vous fçauez de tout temps que ie fuis vn bon frere.

VALERE.

Ie vous fuis obligé, Monfieur de la Rapiere.

LA RAPIERE.

I'ay deux amis auffi que ie vous puis donner,
Qui contre tous venans font gens à dégainer,
Et fur qui vous pourrez prendre toute affeurance.

MASCARILLE.

Acceptez-les, monfieur.

VALERE.

        C'eft trop de complaifance.

LA RAPIERE.

Le petit Gille encore euft pû nous affifter,
Sans le trifte accident qui vient de nous l'ofter.
Monfieur, le grand dommage ! & l'homme de feruice !
Vous auez fçeu le tour que luy fit la Iuftice ?
Il mourut en Cœfar, & luy caffant les os
Le boureau ne luy pût faire lâcher deux mots.

VALERE.

Monfieur de la Rapiere, vn homme de la forte
Doit eftre regreté ; mais, quant à voftre efcorte,
Ie vous rend grace.

LA RAPIERE.

        Soit ; mais foyez auerty

Qu’il vous cherche, & vous peut faire vn mauuais party.

VALERE.

Et moy, pour vous montrer combien ie l’apprehende :
Ie luy veux, s’il me cherche, offrir ce qu’il demande :
Et par toute la ville aller prefentement.
Sans eftre accompagné que de luy feulement.

MASCARILLE.

Quoy ? Monfieur, vous voulez tenter Dieu ! quelle audace !
Las ! vous voyez tous deux comme l’on nous menace.
Combien de tous coftez...

VALERE.

      Que regardes-tu là ?

MASCARILLE.

C’eft qu’il fent le bafton du cofté que voila.
Enfin, fi maintenant ma prudence en eft creuë.
Ne nous obftinons point à refter dans la ruë :
Allons nous renfermer.

VALERE.

      Nous renfermer ! faquin ;
Tu m’ofes propofer vn acte de coquin !
Sus, fans plus de difcours, refous-toy de me fuiure.

MASCARILLE.

Eh ! Monfieur, mon cher maiftre, il eft fi doux de viure !
On ne meurt qu’vne fois, & c’eft pour fi long-temps !

VALERE.

Ie m’en vais t’affommer de coups, fi ie t’entens.
Afcagne vient icy ; laiffons-le ; il faut attendre
Quel party de luy-même il refoudra de prendre.
Cependant auec moy vien prendre à la maifon
Pour nous frotter.

MASCARILLE.

Ie n'ay nulle demangeaifon.
Que maudit foit l'amour, & les filles maudites,
Qui veulent en tâter, puis font les chatemites.

SCENE IV.

Afcagne, Frofine.

ASCAGNE.

Eft-il bien vray, Frofine? & ne refuay-ie point?
De grace, contez-moy bien tout de poinct en poinct.

FROSINE.

Vous en fçaurez affez le détail; laiffez faire :
Ces fortes d'incidens ne font pour l'ordinaire
Que redits trop de fois de moment en moment.
Suffit que vous fçachiez, qu'apres ce teftament
Qui vouloit vn garçon pour tenir fa promeffe,
De la femme d'Albert la derniere groffeffe
N'accoucha que de vous, & que luy deffous main
Ayant depuis long-temps concerté fon deffein,
Fit fon fils de celuy d'Ignes la bouquetiere,
Qui vous donna pour fienne à nourrir à ma merc.
La mort ayant rauy ce petit innocent
Quelque dix mois apres, Albert eftant abfent,
La crainte d'vn Epoux, & l'amour maternelle,
Firent l'euenement d'vne rufe nouuelle.
Sa femme en fecret lors fe rendit fon vray fang;
Vous deuintes celuy qui tenoit vôtre rang,
Et la mort de ce fils mis dans vôtre famille

Se couurit pour Albert de celle de sa fille.
Voila de voftre fort vn miftere éclaircy
Que voftre feinte mere a caché iufqu'icy.
Elle en dit des raifons, & peut en auoir d'autres,
Par qui fes interefts n'eftoient pas tous les vôtres.
Enfin cette vifite où i'efperois fi peu,
Plus qu'on ne pouuoit croire, a feruy voftre feu.
Cette Ignés vous relâche; & par vôtre autre affaire
L'eclat de fon fecret deuenu neceffaire,
Nous en auons nous deux voftre pere informé :
Vn billet de fa femme a le tout confirmé,
Et pouffant plus auant encore noftre pointe,
Quelque peu de fortune à nôtre adreffe iointe,
Aux interefts d'Albert, de Polidore apres,
Nous auons ajufté fi bien les interefts,
Si doucement à luy déplié ces mifteres,
Pour n'effaroucher pas d'abord trop les affaires,
Enfin, pour dire tout, mené fi prudemment
Son efprit pas à pas à l'accommodement,
Qu'autant que voftre pere il monftre de tendreffe
A confirmer les nœuds qui font voftre allegreffe.

ASCAGNE.

Ha! Frofine, la ioye où vous m'acheminez!...
Et que ne dois-ie point à vos foins fortunez!

FROSINE.

Au refte, le bon homme eft en humeur de rire,
Et pour fon fils encor nous deffend de rien dire.

SCENE V.

Afcagne, Frofine, Polidore.

POLIDORE.

Approchez vous, ma fille, vn tel nom m’eft permis;
Et i’ay fçeu le fecret que cachoient ces habits.
Vous auez fait vn trait, qui, dans fa hardieffe
Fait briller tant d’efprit & tant de gentilleffe,
Que ie vous en excufe, & tiens mon fils heureux,
Quand il fçaura l’obiet de fes foins amoureux.
Vous valez tout vn monde; & c’eft moy qui l’affeure.
Mais le voicy; prenons plaifir de l’auanture.
Allez faire venir tous vos gens promptement.

ASCAGNE.

Vous obëir fera mon premier compliment.

SCENE VI.

Mafcarille, Polidore, Valere.

MASCARILLE.

Les difgraces fouuent font du Ciel reuelées :
I’ay fongé cette nuit de perles défilées,
Et d’œufs caffez, monfieur, vn tel fonge m’abbat.

VALERE.

Chien de poltron !

POLIDORE.

Valere, il s’aprefte vn combat,

Où toute ta valeur te fera neceffaire.
Tu vas auoir en tefte vn puiffant aduerfaire.

MASCARILLE.

Et perfonne, monfieur, qui fe veüille bouger
Pour retenir des gens qui fe vont égorger !
Pour moy ie le veux bien ; mais, au moins, s'il arriue
Qu'vn funefte accident de vôtre fils vous priue,
Ne m'en accufez point.

POLIDORE.

                Non, non ; en cet endroit
Ie le pouffe moy mefme à faire ce qu'il doit.

MASCARILLE.

Pere dénaturé !

VALERE.

            Ce fentiment, mon pere,
Eft d'vn homme de cœur ; & ie vous en reuere.
I'ay deu vous offencer, & ie fuis criminel
D'auoir fait tout cecy fans l'aueu paternel ;
Mais, à quelque dépit que ma faute vous porte,
La nature toûjours fe montre la plus forte,
Et voftre honneur fait bien, quand il ne veut pas voir
Que le tranfport d'Erafte ait dequoy m'émouuoir.

POLIDORE.

On me faifoit tantoft redouter fa menace ;
Mais les chofes depuis ont bien changé de face ;
Et, fans le pouuoir fuir, d'vn ennemy plus fort
Tu vas eftre ataqué.

MASCARILLE.

            Point de moyen d'accord ?

VALERE.

Moy ! le fuir ! Dieu m'en garde. Et qui donc pourroit-ce eſt

POLIDORE.

Aſcagne.

VALERE.

Aſcagne ?

POLIDORE.

Ouy ; tu le vas voir paroiſtre.

VALERE.

Luy, qui de me ſeruir m'auoit donné ſa foy !

POLIDORE.

Ouy, c'eſt luy qui pretend auoir affaire à toy ;
Et qui veut, dans le champ où l'honneur vous appelle,
Qu'vn combat ſeul à ſeul vuide vôtre querelle.

MASCARILLE.

C'eſt vn braue homme ; il ſçait que les cœurs genereux
Ne mettent point les gens en compromis pour eux.

POLIDORE.

Enfin d'vne impoſture ils te rendent coupable,
Dont le reſſentiment m'a paru raiſonnable ;
Si bien qu'Albert & moy ſommes tombez d'acord,
Que tu ſatisferois Aſcagne ſur ce tort ;
Mais aux yeux d'vn chacun, & ſans nulles remiſes,
Dans les formalitez en pareil cas requiſes.

VALERE.

Et Lucile, mon pere, a d'vn cœur endurcy !…

POLIDORE.

Lucile eſpouſe Eraſte, & te condamne auſſi :
Et, pour conuaincre mieux tes diſcours d'iniuſtice,
Veut qu'à tes propres yeux cét hymen s'accompliſſe.

VALERE.

Ha! c’eſt vne impudence à me mettre en fureur :
Elle a donc perdu ſens, foy, conſcience, honneur !

SCENE VII.

Maſcarille, Lucile, Eraſte, Polidore,
Albert, Valere.

ALBERT.

Hé bien ? les combattans ? on ameine le nôtre.
Auez-vous diſpoſé le courage du vôtre ?

VALERE.

Ouy, ouy ; me voila preſt, puis qu’on m’y veut forcer ;
Et, ſi i’ay pû trouuer ſuiet de balancer,
Vn reſte de reſpect en pouuoit eſtre cauſe,
Et non pas la valeur du bras que l’on m’oppoſe.
Mais c’eſt trop me pouſſer, ce reſpect eſt à bout ;
A toute extremité mon eſprit ſe reſout,
Et l’on fait voir vn trait de perfidie étrange,
Dont il faut hautement que mon amour ſe vange.
Non pas que cét amour pretende encore à vous :
Tout ſon feu ſe reſout en ardeur de courroux.
Et quand i’auray rendu voſtre honte publique,
Voſtre coupable hymen n’aura rien qui me pique.
Allez, ce procédé, Lucile, eſt odieux :
A peine en puiſ-je croire au rapport de mes yeux ;
C’eſt de toute pudeur ſe montrer ennemie :
Et vous deuriez mourir d’vne telle infamie.

I   14

LVCILE.

Vn femblable difcours me pourroit affliger,
Si ie n'auois en main qui m'en fçaura vanger.
Voicy venir Afcagne, il aura l'auantage
De vous faire changer bien vifte de langage,
Et fans beaucoup d'effort.

SCENE VIII.

Mafcarille, Lucile, Erafte, Albert,
Valere, Gros-René,
Marinette, Afcagne, Frofine,
Polidore.

VALERE.

Il ne le fera pas,
Quand il ioindroit au fien encor vingt autres bras.
Ie le plains de deffendre vne fœur criminelle :
Mais, puis que fon erreur me veut faire querelle,
Nous le fatisferons, & vous, mon braue, auffi.

ERASTE.

Ie prenois intereft tantoft à tout cecy;
Mais enfin, comme Afcagne a pris fur luy l'affaire,
Ie ne veux plus en prendre, & ie le laiffe faire.

VALERE.

C'eft bien fait : la prudence eft toujours de faifon :
Mais...

ERASTE.

Il fçaura pour tous vous mettre à la raifon.

VALERE.

Luy ?

POLIDORE.

Ne t'y trompe pas : tu ne fçais pas encore
Quel eftrange garçon eft Afcagne.

ALBERT.

Il l'ignore :
Mais il pourra dans peu le luy faire fçauoir.

VALERE.

Sus donc que maintenant il me le faffe voir.

MARINETTE.

Aux yeux de tous ?

GROS-RENÉ.

Cela ne feroit pas honnefte.

VALERE.

Se moque-t-on de moy ? ie cafferay la tefte
A quelqu'vn des rieurs. Enfin, voyons l'effet.

ASCAGNE.

Non, non, ie ne fuis pas fi mefchant qu'on me fait :
Et, dans cette auanture où chacun m'intereffe,
Vous allez voir pluftoft éclater ma foibleffe,
Connoiftre que le Ciel qui difpofe de nous
Ne me fit pas vn cœur pour tenir contre vous.
Et qu'il vous referuoit pour victoire facile,
De finir le deftin du frere de Lucile.
Ouy, bien loin de vanter le pouuoir de mon bras.
Afcagne va par vous receuoir le trépas :
Mais il veut bien mourir, fi fa mort neceffaire
Peut auoir maintenant dequoy vous fatisfaire,
En vous donnant pour femme en prefence de tous
Celle qui iuftement ne peut eftre qu'à vous.

VALERE.

Non, quand toute la terre apres fa perfidie,
Et les traits effrontez...

ASCAGNE.

                    Ah ! fouffrez que ie die,
Valere, que le cœur qui vous eft engagé
D'aucun crime enuers vous ne peut eftre chargé :
Sa flame eft toûjours pure, & fa conftance extréme;
Et i'en prens à temoin voftre pere luy-mefme.

POLIDORE.

Ouy, mon fils, c'eft affez rire de ta fureur,
Et ie voy qu'il eft temps de te tirer d'erreur.
Celle à qui par ferment ton ame eft attachée,
Sous l'habit que tu vois à tes yeux eft cachée;
Vn intereft de bien dés fes plus ieunes ans
Fit ce déguifement qui trompe tant de gens;
Et depuis peu l'amour en a fçeu faire vn autre.
Qui t'abufa ioignant leur famille à la noftre.
Ne va point regarder à tout le monde aux yeux;
Ie te fais maintenant vn difcours ferieux :
Ouy, c'eft elle, en vn mot, dont l'adreffe fubtile
La nuit receut ta foy fous le nom de Lucile,
Et qui par ce reffort qu'on ne comprenoit pas,
A femé parmy vous vn fi grand embarras.
Mais puis qu'Afcagne icy fait place à Dorothée,
Il faut voir de vos feux toute impofture oftée,
Et qu'vn nœud plus facré donne force au premier.

ALBERT.

Et c'eft là iuftement ce combat fingulier,
Qui deuoit enuers nous reparer vôtre offence,
Et pour qui les Edits n'ont point fait de deffence.

POLIDORE.

Vn tel éuenement rend tes efprits confus;
Mais en vain tu voudrois balancer la deffus.

VALERE.

Non, non; ie ne veux pas fonger à m'en deffendre;
Et, fi cette auanture a lieu de me furprendre,
La furprife me flate, & ie me fens faifir
De merueille à la fois, d'amour, & de plaifir.
Se peut-il que ces yeux ?...

ALBERT.

                    Cet habit, cher Valere,
Souffre mal les difcours que vous luy pourriez faire.
Allons luy faire en prendre vn autre; & cependant
Vous fçaurez le détail de tout cet incident.

VALERE.

Vous, Lucile, pardon, fi mon ame abufée...

LVCILE.

L'oubli de cette iniure eft vne chofe aifée.

ALBERT.

Allons, ce compliment fe fera bien chez nous.
Et nous aurons loifir de nous en faire tous.

ERASTE.

Mais, vous ne fongez pas en tenant ce langage,
Qu'il refte encore icy des fuiets de carnage :
Voila bien à tous deux noftre amour couronné,
Mais de fon Mafcarille, & de mon Gros-René,
Par qui doit Marinette eftre icy poffedée ?
Il faut que par le fang l'affaire foit vuidée.

MASCARILLE.

Nenny, nenny, mon fang dans mon corps fied trop bien :

Qu'il l'efpoufe en repos, cela ne me fait rien.
De l'humeur que ie fçay la chere Marinette,
L'hymen ne ferme pas la porte à la fleurette.

MARINETTE.

Et tu crois que de toy ie ferois mon galand ?
Vn mary, paſſe encor ; tel qu'il eſt, on le prend ;
On n'y va pas chercher tant de ceremonie :
Mais il faut qu'vn galand ſoit fait à faire enuie.

GROS-RENÉ.

Efcoute, quand l'hymen aura ioint nos deux peaux,
Ie pretens qu'on ſoit ſourde à tous les Damoiſeaux.

MASCARILLE.

Tu crois te marier pour toy tout ſeul, compere ?

GROS-RENÉ.

Bien entendu, ie veux vne femme feuere :
Ou ie feray beau bruit.

MASCARILLE.

      Eh ! mon Dieu, tu feras
Comme les autres font : & tu t'adouciras.
Ces gens auant l'hymen ſi fâcheux & critiques
Degenerent fouuent en maris pacifiques.

MARINETTE.

Va, va, petit mary : ne crain rien de ma foy :
Les douceurs ne feront que blanchir contre moy :
Et ie te diray tout.

MASCARILLE.

      Oh ! las ! fine pratique !
Vn mary confident !...

MARINETTE.

Taiſez-vous, as de pique.

ALBERT.

Pour la troiſiéme fois, allons nous en chez nous
Pourſuiure en liberté des entreticns ſi doux.

FIN.